질병청 관리국, 도난당한 시간들

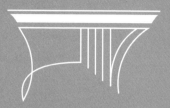

질병청 관리국,　도난당한 시간들

이지유 장편소설

네오
픽션

차례

프롤로그

2050년 9월 10일 대한민국 서울

새벽 3시 56분. 우암산 중턱 기슭 깊숙한 곳에 작은 불빛 두 개가 캄캄한 허공을 떠다녔다. 반딧불이 크기의 투명한 푸른 빛은 구천을 떠돈다는 영혼을 연상하게 했다. 고요한 어둠 속을 휘젓던 불빛이 멈춘 곳은 직사각형 형태의 3층 건물 앞이었다.

보건복지부 소속 질병관리청에서 관리하는 한국 바이오 샘플 센터. 온갖 종류의 바이러스 샘플을 보관하고 있는 곳이다. 생화학무기가 될 수 있는 위험한 바이러스는 전부 이곳에 있다고 해도 과언이 아니었다. 일반 국민들에게는 알려지지 않은 곳으로, 새벽 적막한 산에 어울리지 않는 인위적인 생명력을 발산하며 멋없는 외관을 자랑하고 있었다. 센터는 산 정상으로 올라가는 산행 길에서 훤하게 보였다.

일반인의 출입을 막은 코스라서 잡초가 무성하게 자라 있었다. 그곳에 누군가 서 있었다. 그는 바람에 날린 나뭇잎이 자신에게 떨어져도, 벌레가 바지 위를 기어다녀도 꼼짝하지 않았다. 바이오 샘플 센터를 내려다보고 있을 뿐이었다. 허공을 떠다니는 작은 불빛들이 건물 옆으로 다가갔다. 어둠 속 불빛들은 센터에서 새어 나오는 강렬한 불빛에 눌려 존재감이 없었다.

새벽 3시 59분. 가슴팍에 'SECURITY'라고 붉은색으로 적힌 경비복을 입은 직원이 현관에서 나왔다. 그러자 불빛들이 잠복이라도 하고 있었던 것처럼 센터의 강렬한 불빛 안으로 뛰어들었다. 순식간의 일이었다. SECURITY는 주변을 둘러보려 산행 길을 따라 어둠 속으로 사라졌다.

*

새벽 4시 정각. 바이오 샘플 센터 건물의 불이 일시에 꺼졌다. 조금 전에 나왔던 SECURITY가 붉은빛을 뿜어내며 급하게 건물로 돌아왔다. 고요한 어둠 속에 닫힌 현관문이 열리지 않아 SECURITY가 그 앞에서 서성거렸다. 산행 길에서 지켜보고 있던 그가 움직인 건 그때였다. 나무와 나무 사이의 좁은 길을 익숙하게 빠져나온 그는 곧 센터의 현관 쪽으로 향했다. SECURITY가 거침없이 다가오는 그의 기척을 눈치채고 돌아보았다. 곧 SECURITY의 목에 차가운 주삿바늘이 꽂혔다. 산행 길에서 내려온 이였다. 그는 힘없이 쓰러지는 SECURITY를 끌고 수풀 속으로 사라졌다. 구름 사이에서 달의 모습이 나타나자 빛을 잃은 건물의 모습이 희미하게 드러났다.

새벽 4시 3분. 건물에 일제히 불이 들어왔다. 센터는 강렬한 생기를 되찾았고 현관문이 힘차게 열렸다. 작은 불빛 두 개가 센터를 나와 산 아래로 향했다. 새벽 4시 6분이었다. 수풀 속에서 지켜보던 그가 바지에 붙여놨던 손바닥 크기의 얇은 핸드폰을 뗐다. 중간의 검은 원 버튼을 손바닥에 쏘자 초록빛의 홀로그램 메시지 창이 떴다. 그는 다시 버튼을 눌러 홀로그램 키보드를 불러내 메시지를 입력했다.

'작업 완료.'

버튼을 세 번 누르자 '받는 이' 선택란이 손바닥에 비쳤다. 그는 '은'이라고 저장된 이름에 핸드폰을 대고 버튼을 눌렀다.

곧 '전송됨'이라는 초록색 메시지가 떴다. 전송을 확인한 그는 곧 핸드폰을 바닥에 떨어뜨려 발로 사정없이 밟았다. 무참하게 깨진 핸드폰 안에 엄지손톱 반만 한 칩이 나왔다. 그가 윗주머니에서 작은 가위를 꺼내 칩을 잘랐다. 새벽 4시 8분. 아무 흔적도 남지 않은 산행 길 초입에 '환경 보호를 위해 출입을 금합니다'라는 팻말과 접근 금지 라인이 나무숲을 가로질러 길게 둘러져 있었다. 기절한 경비 직원 가슴팍의 붉은 'SECURITY' 글자가 울창한 수풀에 덮여 있었다.

위험 감지

2050년 9월 10일 일본 도쿄

'세계 블록의 허브는 일본, 블록화의 선두는 도쿄!'

도쿄도청에서 쏘아 올린 진분홍과 쨍한 파란색의 홀로그램 홍보 문구가 니시신주쿠의 까만 하늘에 번쩍거렸다.

'저런 진부한 걸 띄울 생각까지 하다니……. 그리고 너네가 허브인지 선두인지는 다른 나라 의견도 들어봐야 하는 거 아니냐?'

이한은 인상을 찌푸렸다. 자신의 생각 역시 진부해서였다. 2020년대부터 한국에게 문화적 우위를 빼앗기고 1인당 GDP 와 국민소득 순위마저 엎치락뒤치락해온 일본은 최근 전 세계경제대국 2위였던 옛 영광을 찾으려 발버둥 치는 모양새였다. 이런 걸 국민에게 주입시켜 나라 발전의 동기로 만들겠다는 생각 자체가 표어만큼이나 낡은 발상이었다. 현란한 일본기 살리기 프로젝트 구호는 보는 이들에게 묘한 압박감을 주었다. 일본만 이러는 게 아니었다. 중국에도 도시마다 중국이 동북아의 리더라는 표어로 가득했다. 전 세계가 나라보다 지역별 블록으로 개편하려는 움직임을 보였다. EU를 제외한 각 지역의 나라들은 블록화를 대비해 주도권을 잡으려 안간힘을 쓰고 있었다. 그중에도 동북아시아가 특히 심했다. 한국, 중국, 일본 세 나라는 한 치의 양보도 없이 선두에 서려고 했다.

이런저런 생각을 하며 멍하니 홀로그램을 보던 한은 고개를 흔들었다.

'정신 차리자. 난 오늘 게임도 이기고 싶단 말이다. 중국 옌지에서 쭉 그랬던 것처럼.'

한은 저도 모르게 움츠러진 어깨를 얼른 똑바로 폈다. 척추는 바로 세우고 몸 전체의 힘을 빼고. 주의를 호흡에 두었다가 점차 주변으로 옮겼다. 온몸의 감각이 생생해지자 하루의 열기가 식은 공기, 바람 그리고 도시의 냄새가 또렷해졌다. 고요함 속에 미심쩍은 기운은 없었다. 오늘 게임도 잘할 수 있다. 오늘의 접선도 성공적으로 끝낼 것이다. 이긴다. 한은 스스로에게 주문을 걸었다.

그의 머리 위로 윙 하고 부드러운 소음을 내며 스카이 카(Sky car)가 연이어 몇 대 지나갔다. ASMR 같은 소리에 정적이 깨졌다. 한은 자신의 정신을 고요함에서 현실로 오게 해준 스카이 카들의 소음이 고마웠다. 그는 무빙워크로 이동해 횡단보도 앞에서 멈췄다. 왼쪽 대각선 건너편에 '가부키초 1번가' 간판이 눈에 들어왔다. 신주쿠 오카도 동쪽에서 코너를 돌자마자 바로 마주하는 게 저 현란한 간판이었다. 예나 지금이나 하얀 테두리에 노골적인 빨간 전구로 장식한 간판은 이곳이 어떤 곳인지 온몸으로 말해주었다. 변한 게 있다면 그 아래 '안드로이드 출입 금지'라는 팻말이 추가된 것 정도였다. 한이 그의 안드로이드 요원 선우를 데려오지 않은 이유이기도 했다. 그 팻말에 안드로이드를 감지하는 센서가 달려 있었다.

여기서부터는 직접 걸어야 했다. 도쿄의 번화가에서 무빙워크가 설치되지 않은 곳은 이곳뿐이었다. 전통을 지키겠다며 끝까지 무빙워크 설치를 반대했던 긴자 가부키자 거리, 닌교초, 심지어 황궁 앞과 전통의 도시 교토마저 무빙워크가 깔린 마당에 가부키초만이 2020년대의 모습을 그대로 갖고 있다는 건, 파친코 사업이 여전히 건재하며 그 배후에 신조합이 있다는 걸 보여주고 있었다. 2010년대 일본 정부의 강력한 억

제 정책으로 거의 사라져가던 야쿠자 조직이 2030년대부터 '신조합'이라는 이름으로 다시 세를 늘려나갔다. 표면적으로는 합법적 영세 사업에 종사하고 있는 모양새였다. 얼마 전 신조합을 예전 야쿠자처럼 강력하게 단속하지 않는다는 불만의 목소리에 정부 고위 관계자가 '똥이 무서워서 피하는 것이 아닌 더러워서 피하는 것'이라고 발언해 화제가 된 적이 있었다. 이에 대해 일본 국민 대부분이 비웃는다는 통계를 담은 보고서가 올라온 적이 있었다. 그들을 건드리면 정치인들이 무덤까지 비밀로 하고 싶은 일들이 고구마처럼 딸려 나온다는 걸 일본 국민도 대충 알고 있다는 뜻이었다. 한이 2년 전부터 얻은 첩보 문건에도 공통으로 들어 있던 내용이었다.

가부키초를 포함한 하나미치도리와 신주쿠 골든가 일대는 가로등 CCTV만이 듬성듬성 설치된 이전 모습 그대로 남아 있었다. 센트럴로드 초입의 유명한 면세 쇼핑몰과 히가시신주쿠구청이 다른 곳으로 옮긴 이유도 그래서였다. 도쿄의 가장 큰 부도심인 신주쿠임에도 스카이 카의 정식 이동경로조차 없는 곳이었다. 대형 쇼핑몰은 옛 유곽 모습을 본따 리모델링하여 이자카야 빌딩이 되었다. 구청 건물은 하나미치도리 민원 센터라는 이름으로 바뀌었다. 이 지역에서 힘을 못 쓰는 공공기관을 질타하는 냉소가 여기저기서 나왔다. 정보원이 접선 장소를 이곳으로 고른 데는 그러한 이유도 있을 것이다. 최신식 감시망에서 그나마 자유로울 수 있는 첨단 도시 속의 옛날 거리. 그만큼 위험도 따르지만, 한에게는 문제 될 게 없었다.

대한민국 국정원 블랙 요원. 앞에 붙는 '최정예' '최고' 같은 얄궂은 수식어들도 더는 낯간지럽게 느껴지지 않을 만큼 그는 뛰어난 요원이었다. 자신의 직속상관인 제1차장뿐 아니라 국정원장에게도 두터운 신임을 받고 있었다. 그런 그가 지금 타고난 고운 눈매에 더해 약간 수줍은 표정으로 본모습을 감추고 있었다. 새틴 재질의 연갈색 정장과 단추를 세 개나 풀어헤친 새하얀 셔츠, 난데없는 흰 구두는 호스트 그 자체였다. 좋아서 입은 건 아니었지만, 불과 일주일 전까지만 해도 중국 옌지의 살벌한 공기 속에서 그림자처럼 지내야 했던 걸 생각하면 그나마 편하다는 게 마음에 들었다. 옌지의 정보원은 그에게 도쿄에서 만나야 될 사람이 있다고 했다. 전 세계 테러리스트들의 정보를 업데이트하는 한에게 직접 가라고 하는 건 테러 가능성이 크다는 뜻이었다.

한이 들은 정보는 딱 두 가지였다. 상대가 글로벌 제약 회사의 미생물 연구소에 소속된 내부자라는 것과, 접선 장소는 도쿄의 히가시신주쿠 옛 구청 거리 옆 시키노미치 끝에 있는 한국 스타일의 중화요리 식당이라는 것. 내부자가 남자인지 여자인지도 알 수 없었다.

'어쨌든 오늘 게임도 이길 거다. 내가 질 리 없으니까.'

한은 왼쪽 저만치의 도호빌딩을 삼킬 듯 우뚝 서 있는 괴물 홀로그램을 멍하니 보며 생각했다. AI 세이가 그의 상태를 보고했다.

"오늘 콘셉트 저랑 정말 안 맞는데요? 그 차림새가 고풍스럽고 멋스러운 저랑 어울린다고 생각하신 건 아니겠죠? 어쨌든 현재 바이오리듬은 엔지에 있을 때보다 감성이 약간 낮아졌습니다."

세이의 목소리가 심드렁했다. 한은 오른 손목을 들어 시계를 보았다. 가죽 벨트의 빈티지형 손목시계 화면에 은빛 소용돌이가 맴돌고 있었다. 마치 사막의 모래가 움직이는 것처럼. 세이가 움직이고 있음을 알리는 표시였다.

"너랑은 안 어울리지만 저쪽이랑은 어울리거든, 이렇게 입는 게."

"말끔한 캬바쿠라 단골이 될 수도 있었죠. 심장박동수가 올라갔습니다. 심호흡으로 평정심을 유지하세요."

한은 오늘따라 세이의 간섭이 조금 심하다 싶었다. 호흡을 고른 후 '네 역할이 내 옷차림까지 간섭하는 건 아니다'라고

대꾸하려 했다. 이 시니컬한 AI가 말을 이어가지만 않았으면 말이다.

"약속 시간 5분 전입니다. 센트럴로드 앞 횡단보도 신호 위치에서 시키노미치 바로 옆 '보성' 중화요리 식당까지 요원님 평소 걸음으로 1분 31초 걸립니다. 요원님은 평소 걸음도 일반인보다 빠른 편입니다. 시키노미치 초입에 가기 전까지는 조금 느린 걸음이 자연스럽습니다. 시미노미치에서는 평소처럼 걸으세요. 그 길을 평범하게 걷는 건 어색하니까요."

신호가 바뀌었다. 지금부터는 세이도 위장에 들어가야 한다. 한은 시계의 태엽 장치를 슬쩍 오른쪽으로 돌렸다. 은빛 소용돌이가 치던 화면은 평범한 시곗바늘이 보이는 화면으로 변했다. 세이의 스위치를 내린 것이다. 그와 동시에 한이 성큼성큼 횡단보도를 건너기 시작했다. 그를 향해 오는 몇몇 여성들의 시선이 뒤통수까지 따라붙는 걸 느꼈지만, 언제나처럼 그들을 가볍게 무시하고 가부키초의 화려한 불빛 아래 발을 들였다. 한은 다시 한번 마음을 다잡았다.

'오늘 게임도 이긴다.'

그에게 국정원 임무 수행은 하나의 게임이었고, 그는 이 게임을 즐겼다. 이기는 건 언제나 자신이니까. 길가에 늘어선 유흥 주점들을 쭉 지나 하나미치도리 민원 센터 앞까지 왔다. 건너편 미스터도넛 간판 옆으로 검은 구멍 같은 길의 초입이 보였다. 시키노미치였다. 요즘 흔한 홀로그램 등불 하나 없는, 외진 뒷골목 같은 장소였다. 한때 신주쿠구청에서 이곳 노숙자들을 전부 정리해서 분위기가 바뀌나 싶더니만, 10여 년 전부터 다시 노숙자들이 박스를 들고 와 자리를 차지하기 시작했다. 2000년대 초반으로 타임 슬립 한 것만 같았다. 가부키초의 쨍한 거리를 휘청거리며 다니는 많은 사람이 이곳 근처는 얼씬거리지 않았다. 이곳의 퀴퀴한 어둠이 싫은 것이다.

시키노미치로 들어선 한은 노숙자들의 종이 박스 집과 좁고 긴 거리를 예민하게 훑으며, 길게 깔아놓은 모자이크 돌길을 따라 내려갔다. 길에 접한 건물들도 모두 불이 꺼져 있었다. 청동색의 나팔을 부는 어린아이 동상이 있는 화장실은 아예 앞에 테이프를 둘러 폐쇄시켰다. 바로 옆 구청 거리와 통하는 건물과 맞은편 건물 사이 통로 위에는 '신주쿠 골든가' 간판이 불빛을 잃고 초라하게 서 있었다. 거리가 끝나는 곳 바로 옆에 '보성'이라는 한국어 간판을 걸어놓은 작은 중화요리 식당이 있었다. 구청 거리와 접한 좁고 긴 건물의 1층이었다.

한은 미닫이문을 시끄럽게 닫으며 안으로 들어갔다. 익숙한 짜장 볶은 냄새와 술 냄새가 코를 자극했다. 사람 하나가 겨우 지나갈 비좁은 길을 두고 테이블 자리가 둘, 카운터 자리가 다섯인 이 가게는 문간의 테이블 하나만 비어 있었다. 카운터 자리의 남자 넷과 여자 하나는 술에 취해 자기들끼리 떠들며 여러 종류의 음식을 먹고 있었다. 테이블 석의 남녀 둘은 조용히 짜장면을 먹고 있었다.

익숙한 척 빈 테이블 의자에 앉은 그는 남들이 보기에 이 동네에서 흔히 볼 수 있는 호스트 그 자체였다. 구식 포스 계산기 앞에 앉아 있던 40대 중반의 깡마른 남자가 그에게 물컵과 일회용 물티슈를 갖다주고는 다시 계산기 앞에 섰다. 딱 봐도 이곳의 주인 같았다. 한은 저들 중 누가 자리에서 일어나 자신에게 올지 지켜보다가 주인과 시선이 마주쳤다. 얼른 주문하라는 무언의 재촉에 한은 별수 없이 벽에 세로로 붙은 메뉴를 보는 척하고는 입을 열었다.

"음, 차항……."

"차항? 맨날 먹는 거? 유린기 주세요."

요란하게 문을 열고 들어온 여자가 기다렸다는 듯 한국어로 말을 건네며 맞은편에 털썩 앉았다. 정장 바지 차림의 그녀는 작은 손가방을 무릎에 올려놓았다. 여자의 친근한 웃음은 두 사람이 오래 알고 지낸 것처럼 보였다. 한은 그녀의 자연스러운 연기력을 보며 국정원 블랙 요원일 거라 짐작했다.

"거창하다. 유린기씩이나."

한도 천연덕스럽게 맞장구를 쳤다. 두 사람은 의미심장하게 서로를 보았다. 이 짧은 대화가 암호였다.

"그래도 오늘은 유린기로 할래."

그녀의 말을 신호로 주인은 다른 손님들에게 오늘 영업이 끝났다며 나가달라고 했다. 먹다 말고 갑자기 쫓겨나게 생긴 사람들은 돈을 받지 않겠다는 주인의 말에 별수 없이 가게를 나갔다. 주인이 문을 걸어 잠그고 리모컨을 누르자 작은 가게를 삼면으로 둘러싸고 있던 통유리가 불투명한 아이보리색 벽으로 바뀌었다. 그제야 여자는 정색을 하고 말했다.

"우리 쪽 정보원 가게예요. 안심하세요."

여자는 바로 서류 가방 안에서 작은 정사각형 케이스를 꺼냈다. 얼핏 귀 안에 붙이는 초소형 이어폰 케이스처럼 보였다.

"구공일오. 비둘기와 고양이가 벌레에 물려요."

'벌레는 생물무기. 바이러스 테러다.'

한이 낮은 목소리로 물었다.

"국제? 아니면 초국적입니까?"

그녀는 고개를 살짝 저었다. 표정을 보니 모르는 듯했다.

"2026년에 벌어졌던 질병청 관리국 변이 바이러스 테러 사건. 기억해요?"

"김인만 관리국장 사망사건. 미제로 남았죠. 이번에도 바이러스입니까?"

"그때⋯⋯."

순간 한의 등골이 쭈뼛 섰다.

"엎드려!"

동시에 그들이 앉은 맞은편 불투명 유리에 소리 없이 작고 검은 점들이 우수수 나타났다. 곧 가게 물건들이 무자비하게 파괴되기 시작했다. 한의 몸은 이미 테이블 밑에 있었다. 소음 기관총 공격이었다. 여자와 정보원인 중화요리 식당 주인은 몸이 벌집이 되어 쓰러져 있었다. 그녀가 건네려던 케이스 역시 총알 세례로 반 이상 날아갔다.

한은 총격이 날아든 위치를 머릿속으로 계산했다.

'가게 밖 인도 폭 1.4미터, 바로 앞 2차선 도로 3미터, 약 30년 된 가로수 바로 뒤.'

그는 왼쪽 발목에 감추었던 작은 소음총을 꺼내며 귀를 기울였다. 미세한 진동이 울렸다. 윙. 소음을 최대한 낮췄지만 바로 알 수 있었다. 그의 허리께 높이로 날아다니는 스카이 카 차종이었다. 한은 몸을 웅크린 채 팔을 사선으로 뻗어 소리 나는 곳을 따라가 탕탕 두 발을 쐈다. 밖에서 텅, 하고 육중한 물체가 떨어지는 소리가 들렸다. 잠시 기다리자 바깥의 소음이 사라졌다. 그는 테이블 위로 손을 뻗어 처참하게 일그러진 케이스를 집은 후, 포복 자세로 문까지 기어갔다. 미닫이문의 작은 소음이 조용해진 거리에 울렸다. 가게 바로 앞 차도에 앞 범퍼가 크게 망가진 검정 스카이 카가 떨어져 있었다. 한은 몸을 일으켜 형편없이 찌그러진 스카이 카를 노려보았다. 새카만 전면 유리창은 스카이 카의 죽음을 알리는 것만 같았다. 한은 여전히 유리창을 주시하고 선 채 속으로 숫자를 셌다.

'3, 2, 1!'

1과 함께 스카이 카의 앞 유리로 한이 발사한 총알이 날아갔다. 작고 단단한 총알이 픽, 하고 둔탁한 소리를 내며 스카이 카의 전면 유리창을 뚫고 들어갔다. 곧 차에서 검은 양복에 빨간 셔츠를 입은 남자가 비틀대며 망가진 차 문을 겨우 열고 나왔다. 한은 그에게 전광석화처럼 달려들어 고개를 들지 못하는 그의 어깨를 잡아 스카이 카에 밀어붙였다. 남자는 오른쪽 관자놀이에서 피를 뚝뚝 흘린 채 숨을 할딱거리고 있었다. 다시금 등줄기에 소름이 돋았다. 한은 빠르게 거리로 몸을 던져 굴렀다. 총알이 그의 윗옷 왼쪽 밑단을 스치고 지나갔다. 옆으로 몇 차례 더 구른 한이 총알이 날아온 방향을 향해 총을 겨눴다. 오른편 대각선 10미터 거리였다. 멀리서 도쿄 경시청 지상용 순찰차의 사이렌 소리가 들려왔다. 그러자 대각선에 서 있던 스카이 카가 공중에 두둥실 떠올랐다. 운전석의 남자는 창문 밖으로 손을 내밀어 흔들어 보였다. 한이 바로 총을 쐈지만 그쪽에서 먼저 피했다. 총알은 스카이 카를 지나쳐 건물 외벽에 박혔다.

"젠장!"

한이 다시 총을 겨눴을 때 사이렌 소리가 한층 가까워졌다. 스카이 카는 도로에 처박힌 차와 한을 놔두고 전속력으로 달아났다. 한 역시 컴컴한 골목 안으로 사라졌다. 경찰들이 번쩍거리는 경광등을 밝히며 도착했을 때는 구겨진 스카이 카와 죽은 중화요리 식당 주인 외에 아무것도 남아 있지 않았다.

*

2050년 9월 13일 대한민국 서울

레벨 A 전신 방호복 속의 배리나가 거친 숨을 몰아쉬자, 오른쪽 팔꿈치 아래 달린 산소 공급 버튼이 붉게 깜빡였다. 그녀가 이산화탄소 배출을 많이 하고 있다는 신호였다.

"전 경고했습니다, 연구사님. 이제 그만 돌아오세요."

방호복 헬멧에 달린 이어폰으로 함유상의 부드럽지만 단호한 목소리가 들렸다. 같은 질병청 관리국의 특수실험부 연구사인 그는 지금 특수실험부 사무실에서 리나를 모니터링 중이었다. 이미 10분 전 유상이 과호흡 징후를 알렸음에도 리나가 쓰레기 매립지인 향기도의 직접 조사를 강행한 결과였다.

리나는 말없이 유상과의 모니터 연결을 끊은 후 토트백 크기의 냉동 박스를 들고 바로 스카이 카에 올라탔다. 곧장 대시보드의 공기샤워 버튼을 누른 후 헬멧을 벗었다. 천장에서 나오는 고압 HEPA 공기를 맞는 리나의 시선이 운전석 차창 너머 서울 쪽 하늘로 향했다. 서울로 진입하려는 스카이 카들이 줄줄이 떠 있었다. 질병청 관리국 연구소가 있는 서초구의 우암산까지 30분은 걸릴 것 같았다. 15분 정도면 갈 수 있는 거리인데 말이다. 서울과 경기도의 쓰레기를 처리하는 인공 모래섬 향기도, 일명 쓰레기섬을 들고 나는 스카이 카는 거의 없었다. 지면 대교도 대형 쓰레기차가 드문드문 들어올 뿐 일반 차량은 볼 수 없었다.

'이럴 줄 알았으면 연구소에서 얌전히 기다렸다가 보고서만 받아보는 건데.'

리나가 인천의 석모도와 장봉도 사이에 위치한 쓰레기섬, 향기도에 온 건 새벽 4시경에 질병청 관리국 커뮤니티에 전체 공개로 뜬 보고 때문이었다. 갑자기 향기도에 서식하는 시궁쥐들이 떼죽음을 당했다는 내용이었다. 그 사체는 남쪽에서 발견됐다고 했다.

비몽사몽간에 커뮤니티 알림 소리를 들은 리나는 침대에 누워 모니터를 보다가 벌떡 일어났다. 홀로그램 모니터에 비치는 쥐들의 모습은 일반적이지 않았다. 털이 듬성듬성 벗겨져 붉은 발진이 올라왔고 마치 몸 안에서 혈관이라도 터진 것처럼 피투성이로 죽어 있었다. 항문이나 입과 눈이 터진 쥐도 적지 않았다. 시중에 나와 있는 독성 약품을 단체로 흡입했다고 한들 이런 모습으로 죽을 리 없었다. 6급 공무원에 해당하는 바이러스 연구사인 리나가 8급 이하 공무원들이 나가서 현장 조사할 사안을 직접 보고 확인하겠다고 나선 것도 그 때문이었다. 미지의 위험한 바이러스가 출현했을지 모른다는 생각을 떨칠 수 없었다. 어디서 어떤 바이러스가 유입된 건지 현장을 확인해야만 했다. 하지만 아침 일찍부터 향기도를 몇 바퀴씩 돌아도 바이러스에 대한 단서는 찾을 수 없었다. 향기도의 쓰레기에서 쥐를 저렇게 죽일 만한 바이러스가 나오지 않은 것이다. 정말 쥐를 죽인 게 바이러스라 해도 서울과 경기 쓰레기 처리는 전부 작업용 로봇들이 하고 있어서 사실상 사람의 감염을 걱정할 필요가 없기도 했다.

'시간 낭비였나⋯⋯.'

리나는 결국 쓴맛을 다시며 해부용으로 쥐 사체 몇 개를 냉동 박스에 담아 오는 것밖에 할 수 없었다. 시동을 걸고 차를 서서히 공중에 띄운 리나는 미간과 콧등을 잔뜩 찌푸리며 한산한 지면 도로와 붐비는 공중 도로를 번갈아 보았다.

'그래, 이젠 지공양용차(地空兩用車)로 바꿀 때가 됐어.'

하늘과 땅 양쪽에서 사용할 수 있는 자동차가 나온 지 몇 개월 됐다. 7개월 전 질병청 관리국에 온 그녀는 지공양용차가 나온 이후 계속 신청할 것인가 말 것인가 고민하고 있었다. 이제는 받을 때가 됐다고 생각하며 신청하는 걸로 마음을 굳혔다. 막 시동을 거는데 메인보드 모니터에서 "특수실험부 박상은 연구사의 전화입니다."라는 AI 음성이 들렸다. 리나가 모니터를 터치하자 상은의 상반신이 홀로그램으로 떠올랐다. 그는 연구소 복도에서 전화 중이었다.

"연구사님한테 웬 손님이 찾아왔는데 언제 오세요?"

순간 머릿속에 은정욱의 얼굴이 휙 지나갔다. 베이징에서 잠깐 만났던 사람이다.

"저한테 손님이요? 세희는 당분간 독일에 있는다고 했는데요?"

리나는 유일한 친구의 이름을 댔다. 누구인지 알려달라는 의미였다.

"연구사님을 찾으니 연구사님 손님이죠."

상은은 새침하게 말하고는 전화를 끊었다. 이래서는 찾아온 사람이 정욱인지 아닌지 알 수가 없었다. 정욱은 그녀에게 좋은 사람이었다. 그를 만날 때마다 유치한 단맛이 나는 사탕을 먹는 기분이었으니까. 정욱은 '뉴 포스트'라는 미국 언론사의 아시아판 기자였다. 둘의 분위기가 무르익을 즈음이면 어김없이 정욱에게 출장이 생기거나 리나에게 연구 과제가 주어졌다. 리나는 막연하고 불확실한 관계를 붙들고 있을 수 없었다. 달콤한 연애에 빠지는 건 사치이기도 했다. 결국 리나는 질병청 관리국 특수실험부 합격 소식을 받자마자 서울로 왔다. 그 뒤 몇 번 정욱에게서 연락이 왔지만 받지 않았다. 이대로 끝내는 편이 낫다고 생각했다. 그럼에도 상은의 전화를 받자마자 그가 제일 먼저 떠올랐다.

'내가 기다리고 있었나.'

그의 짙은 눈썹과 까맣고 커다란 눈망울이 떠올랐다. 리나의 머릿속에서 선한 인상의 그가 막 미소 지을 즈음, 요지부동으로 떠 있던 차들이 속도를 내어 움직이는 게 보였다. 리나는 감상에서 깨어나 얼른 기어를 올려 차를 출발시켰다. 쓸데없는 생각을 할 시간이 없었다.

"지공양용차 신청 사유는 기동력."

그녀는 서울을 향해 핸들을 꺾으며 중얼거렸다. 질병청 관리국 바이러스 연구소에 도착한 리나는 특수실험부인 4층 엘리베이터에서 내리자마자 상은을 발견했다. 그는 태블릿을 들고 팀장 사무실로 가고 있었다.

"연구사님, 실은 안드로이드죠? 아닌데 그렇게 자기 할 말만 하고 전화를 끊는다고?"

리나의 목소리가 상은의 바쁜 걸음을 멈춰 세웠다.

"쥐 죽이느라 바빴어요. 그 냉동 박스에 있는 건 쓰레기섬 쥐 사체인가 봐요? 연구사님이 그렇게 죽고 못 사는 바이러스 덩어리면 좋겠네요."

상냥한 말투로 건조한 단어만 툭툭 던지는 상은에게 막 한마디 하려는데, 웬 남자가 불쑥 리나의 앞을 막아섰다.

"동북아 대통합, 배리나 연구사님이죠?"

"손님이 그쪽? 그 별명은 어떻게 아신 거예요?"

리나는 상은을 한번 쳐다보고는 바로 낯선 남자에게 눈길을 돌렸다.

"이 바닥에서 배 연구사님 모르면 간첩이죠. 메델라 제약회사 일본 바이오 연구소 소속 신재원입니다."

고운 선을 가진 얼굴의 남자가 눈웃음을 지으며 리나에게 악수를 청했다. 그의 빈티지 손목시계 화면에 은빛 모래알이 소용돌이를 그리고 있었다.

벌레

도쿄에서 난데없는 총격전을 치른 다음 날 서울에 온 한은 홀로 요원 전용 체력 훈련장에 있었다. 그가 팡팡 두드리는 샌드백 소리가 고요를 깨뜨렸다. 유도 대련을 마친 후라 호흡이 거칠었지만 힘들다는 느낌은 들지 않았다. 이 정도면 됐으려나. 공중에 매달려 덜렁거리는 샌드백을 달래듯 붙든 한이 가쁘게 숨을 몰아쉬었다. 순간 텅 비어 있던 머릿속에 남자가 스카이 카 창밖으로 손을 흔들던 장면이 떠올랐다.

"제기랄!"

더 심한 욕이 입 밖으로 튀어나오려는 걸 가까스로 참았다. 한은 다시 샌드백을 두들겼다. 누군가를 집어 던지지 않으면,

무언가를 두들겨 패지 않으면 그때의 치욕이 계속 생각났다. 약 올리듯 손을 흔들고 사라져버린 스카이 카 말이다. 수습 이후 투입된 블랙 임무에서 그가 이렇게 반쪽짜리 수행을 한 건 처음이었다. 한의 기억으로는 그랬다. 살아서 남은 데이터를 챙겨 돌아왔으니 졌다고 할 수는 없었다. 하지만 요원과 정보원이 죽었다. 가만있으면 신주쿠에서 총알이 옷깃을 스쳤던 것, 간발의 차로 오른 손목을 지나간 것이 생각나 그때의 굴욕감을 다시 맛보게 했다.

한이 쏜 붉은 셔츠의 남자는 결국 사망했다고 들었다. 선우는 그가 살인 청부업자라고 했다. 신조합이 그의 주 고객이기는 했지만, 가끔 일반기업의 의뢰도 받았다고 했다. 그런데 이번에는 생물무기 테러 일에 끼어들었다. 본인은 몰랐을 수도 있다. 그가 살아 있었다면 더 많은 걸 알아낼 수 있었을 텐데. 관자놀이 옆을 비껴간 건 정확했다. 그 전에 스카이 카가 땅으로 떨어질 때의 충격 때문에 죽었을까. 굴욕감에 더해 이런 생각들이 한을 잠 못 자게 만들었다. 한의 손을 치료한 의사가 아무 생각 말고 푹 쉬라고 권했다. 한 역시 TV나 보며 빈둥거리려고 노력했다. AI 사용률이 낮고 안드로이드 보급이 되지 않는 저소득층 지역 실종자들에 관한 뉴스가 잠시 나오다가, 세계가 블록화가 되면 오스트레일리아는 어디에 들어가게 되는가에 대한 기사로 넘어갔다. 스크린 영상과 그 내용들은 한의 눈앞을 흘러갈 뿐 머릿속에 하나도 들어오지 않았다. 울며 겨자 먹기로라도 몸을 움직여야 했다.

한은 훈련장을 찾았다. 어느덧 오후가 되었다. 점심을 걸렀지만 배도 고프지 않았다. 이제는 샌드백을 수없이 때려도 자존심을 건드린 상처가 아프기만 했다. 이번에는 주짓수를 해야 하나. 한이 마지막으로 샌드백을 팡 쳐냈을 때 바닥에 벗어둔 웨어러블폰이 울렸다. 선우였다. 검고 얇은 사각형을 손바닥으로 감쌌다. 푸른빛이 그의 혈관을 스캔하자 곧 선우의 모습이 홀로그램으로 떠올랐다.

"오전에 계란 샌드위치 하나 먹고 계속 이러고 있었죠? 그러다 죽어요. 안드로이드도 아니고. 아니, 안드로이드도 충전은 해요."

저 안드로이드 개발자는 잔소리쟁이가 틀림없다고 한은 확신했다.

"쓸데없는 소리 할 거면 끊는다."

"이거 게임 아니고 임무 수행이에요. 거기서 살아 돌아왔잖아요. 남은 칩도 가져왔고요. 그만 집착하세요."

평소와 달리 꽤나 까칠하게 대하는데도 선우는 까딱도 하지 않았다. 선우는 감정을 학습한 최초의 안드로이드 모델이었다. 이런 식의 반응에는 최소 불쾌한 표현을 해야 하는데 선우는 아랑곳하지 않았다. 혹시 학습이 덜 된 걸 내보낸 거 아닐까. 선우가 그의 짜증 나는 마음을 읽은 것처럼 다시 말을 이었다.

"그 정도 말에는 상처 안 받아요. 차장님한테 연결해보세요. 할 일 있대요."

"그럼 곧장 연결하시지 왜 너를 거치는 거야?"

"고과 점수 깎이고 싶으세요? 차장님하고 연결하면 기록에 그대로 남잖아요. 혹시라도 험한 꼴인 채로 있을까 봐 봐주신 거라고요."

선우는 순간 안드로이드다운 눈빛을 발하며 한을 보았다.

"아주 심각한 상태는 아니네요. 그래도 훈련장 나가서 옷 갈아입고 연결하세요. 저는 제 할 일 다 했으니 끊습니다."

선우의 홀로그램이 사라지자 그는 허공을 향해 피식 웃었다. 선우도 세이도 꽤 인간 친화적으로 진화 중인 모델들이었다. 혁진이 일부러 그런 걸로 골라준 걸 한은 알고 있었다. 가족이 없는 한을 배려한 것이었다. 타인이 마음을 써준다는 건 고마운 일이다. 그것도 부하 직원에게 말이다. 한은 손안에 쏙 들어오는 태블릿을 향해 "삼촌"이라고 말하며 손바닥을 스캔했다. 곧 턱이 각진 투박한 인상의 남성이 홀로그램에 떠올랐다. 혁진이었다.

"멀쩡한 거 보니 마음 놓인다. 내일 질병청 관리국 연구소에 가야겠다."

"벌레 건입니까?"

관리국 연구소에 갈 일은 바이러스밖에 없다. 혁진이 미소를 보였다.

"축구 전반전에 한 골 내줬다고 진 거냐? 후반에 두 골 넣어야지."

한의 표정이 변했다. 굳은 결기가 그의 눈동자에 드러났다.

*

한은 리나의 사무실 소파에 앉아 그녀를 기다리고 있었다.

"한 골 내줬으면 두 골 넣으면 되는 거지. 안 그래? 불법 스카이 카."

한은 어제 혁진이 했던 말을 입 밖에 내며 마음을 다잡았다. 그의 입가에는 슬쩍 미소가 번졌다.

'테러에 대한 정보도 손에 넣고, 네놈도 찾을 거다. 이제부터 반격 시작이야.'

이런 생각을 하며 한은 맞은편 책장을 쭉 훑었다.

이곳은 아무리 봐도 연구소 사무실 같지 않았다. 연구소 전체에서 풍기는 약품 냄새와 살균제 냄새를 제외하면 바이러스 연구원하고는 도무지 어울리지 않았다. 책장에는 맨 위부터 눈높이까지 미스터리, 스릴러 소설과 각종 피규어로 채워져 있었다. 한은 책 앞에 나란히 놓인 피규어들로 시선을 돌렸다. 2020년대부터 약 10여 년간 전 세계적인 인기를 모았던 통통한 오렌지색 고양이 '참치범'이었다. 참치 캔을 훔쳐 먹으려다가 주인한테 걸려서 뒷덜미를 붙잡혔다는 콘셉트로 한국 웹툰에서 첫 선을 보인 캐릭터였다. 나오자마자 품절되었고, 지금도 팬들 사이에서 고가로 거래된다는 말이 있었다. '참치범'의 피규어를 쭉 모아놓은 걸 보면 보통 덕후가 아님에 분명했다. 온통 하얀색 벽에 개인 사무실과 실험실도 전부 통유리 칸막이를 해놓은 연구소에서 리나의 사무실은 다양한 포즈의 피규어들 덕분에 생기발랄해 보였다. 게다가 불투명 처리된 유리도 분홍과 파랑이 그러데이션을 이루고 있었다. 유원지 솜사탕 색깔처럼.

"이런 거 좋아하는구나. 일어, 중국어 전공 원서가 꽉 차 있을 줄 알았는데."

배리나의 별명이 '동북아 대통합'인 것은 중국에서 태어나 일본에서 어린 시절을 보냈고 석박사 과정을 한국, 중국, 일본

3국에서 번갈아가며 공부해서라고 들었다. 그 때문에 깡마른 몸에 커다란 안경을 쓰고 생머리를 하나로 질끈 묶은 채 바이러스 연구에 푹 빠진 괴짜를 연상했었다. 베이징대학원 박사 졸업장을 받기도 전에 질병청 관리국에 취업부터 할 정도로 바이러스 연구광이라는 자료를 보고 난 후에는 더 그랬다.

하지만 실제로 본 리나는 전혀 달랐다. 날렵한 체형에 턱선 길이의 갈색 단발을 한 모습이 꽤 세련됐다. 무엇보다 형형한 눈빛이 인상적이었다. 약간 치켜 올라간 눈꼬리가 도전적인 눈빛에 위압감을 더해주었다. 스릴러 소설이나 피규어 모으기가 취미일 거라고는 상상되지 않는 외모였다. 한의 기준으로 이런 인형 종류는 인생이라는 게임 판에서 어떤 이득도 없는 물건이었다. 본인이 인기인이라 굿즈로 나와 경제적 이익이 생긴다면 다르지만 말이다. 결국에는 쓰레기통행이 되고 마는 물건들을 왜 사 모으는 걸까. 문득 호기심이 생겨 자리에서 일어났다.

"요원님, 현재 심박수가 정상 범위에서 벗어났습니다. 평정심 유지를 위해 호흡 깊게 세 번 하시고요, 다시 자리에 앉는 게 좋을 거 같은데요."

세이가 은빛 소용돌이를 그리며 한에게 주의를 줬지만 가만있을 수 없었다. 다른 것들보다 윤이 나는 피규어가 있었다. 참치에 막 앞발을 대는 자세를 한 모양새였다. 그는 책장으로 다가가 눈높이에 놓인 피규어 세 개 중 반질반질한 것을 슬쩍 건드렸다. 생각보다 감촉이 차가웠다. PVC 재질이 아닌 듯했다. 막 그 피규어를 집으려는데 하얀 연구사 가운을 입은 리나가 들어왔다. 한은 얼른 두 손을 앞으로 모으고 바로 섰다. 그는 최대한 침착하게 그녀를 보며 다시 영업용 미소를 지었다.

리나가 소파에 앉으며 맞은편 자리로 팔을 뻗었다.

"이리 오세요."

한은 그녀 앞에 마주 앉으며 입가에 쥐가 날 것 같다는 생각을 했다. 리나의 쏘는 듯한 눈빛과 마주하자 억지 미소가 자꾸 풀어졌다. 어쩨 총알이 스치고 간 오른 손목이 욱신거렸다.

'지기 싫다.'

한 자신도 모르게 든 생각이었다.

그녀의 눈빛을 받아치며 막 인사하려는데 리나가 먼저 입을 열었다.

"피규어에 관심 있어요?"

리나의 시선이 흘끗 책장에 옮겨졌다가 돌아왔다. 한이 건드린 걸 아는 게 틀림없는 표정이었다.

'밖에서 본 건가. 그럼 세이의 목소리도 들었을까.'

한이 침착하게 마음에도 없는 소리를 했다.

"어, 귀여우니까요?"

리나는 그의 모호한 대답을 흘려듣고 바로 다음 질문으로 넘어갔다.

"일본 메델라에서 왜 직접 찾아왔어요? 모레 제가 갈 건데 굳이?"

눈빛이 강렬한 건 만만치 않은 성격 때문인가. 하긴 이쪽도 시간이 없다. 한은 어색한 미소를 거두고 진지하게 말했다.

"그렇게 말씀하시니 달리 드릴 말씀이 없네요. 본론으로 들어갈까요."

그는 일반 명함 크기의 검은 화면을 내밀었다. 한이 손가락으로 가볍게 건드리자 화면에서 혁진의 홀로그램이 책상에 놓은 액자 크기로 떠올랐다.

"배리나 연구사님, 저는 국정원 제1차장 권혁진이라고 합니다. 먼저 저희 국정원 블랙 요원 이한을 소개하죠. 현재 일본 메델라 바이오 연구소 소속 신재원으로 위장해서 연구사님이 계신 질병청 관리국 바이러스 연구소에 잠입했습니다. 블랙 임무를 수행하는 뛰어난 인재입니다. 갑작스럽겠지만 이렇게 연구사님을 찾게 된 이유를 말씀드리겠습니다. 사흘 전 인공 변이 추정 바이러스에 대한 정보를 입수했습니다."

혁진의 이미지가 사라짐과 동시에 현미경으로 확대한 바이러스가 나타났다. 길이가 다른 두 개의 가는 물체가 엉키더니 8자 모양을 만들었다가 떨어지곤 했다. 길이가 긴 건 중간에 두꺼운 부분이 있어 지렁이를 떠올렸다. 리나는 미간을 찌푸렸다.

"바이러스 두 개를 결합시킨다고? 누구 머리에서 나온 생각이야."

"이건 이틀 전 입수한 정보의 30퍼센트 분량에 있던 겁니다. 일본 메델라 바이오 연구소 기밀 파일이지만 거기에는 바이러스가 없다는 게 일본 측 입장입니다. 게다가 자연 결합일지도 모른다는 의견도 있다고 합니다. 미국과 중국에서도 같은 답변을 받았습니다. 이게 인공 변이 바이러스인지 자연 결합인지 배 연구사님이 이한 요원과 같이 알아봐 주세요."

리나는 혁진의 설명을 듣고도 한동안 말이 없었다. 그녀는 바이러스에 홀린 사람처럼 8자가 되었다 떨어지는 영상에서 눈을 떼지 못했다. 한이 화면을 살짝 건드려 혁진의 이미지로 바꾸자, 리나는 정신이 든 것처럼 눈을 깜빡거렸다.

"배리나 연구사님?"

리나는 혁진이 자신을 부르는 것에 관심이 없어 보였다. 멍하니 허공을 응시하는 게 뭔가 생각하는 것 같아 보였다. 한은 선뜻 그녀를 부르지 못했다. 어째 그녀에게서 풍겨 나오는 묘한 카리스마에 눌리는 느낌이었다. 썩 기분 좋지는 않았다. 혁진이 다시 입을 뗐다.

"배리나 연구사님이라면 국가를 위해 기꺼이 시간을 내주실 거라 믿습니다. 추천도 받았고요. 이렇게 블랙 요원의 정체를 밝히는 일은 전례가 없는데, 그렇게 하라는 지시가 있었습니다. 원래대로라면 국내 방첩으로 옮겨야 하지만 이건 이한 요원이 맡기로 했습니다. 사안이 그만큼 엄중하다는 걸 아셔야 합니다."

혁진이 진지하게 말하는데도 리나는 혼잣말만 중얼거렸다.

"자연발생적 결합이나 변이면 맨 처음 발견한 곳이 있을 텐데, 그런 보고서는 안 올라왔고. 논문에도 없었고. 인공 변이면 골치 아플 거 같은데."

허공에 바이러스라도 있는 양 한곳만 바라보던 그녀는 이윽고 홀로그램으로 시선을 돌렸다.

"제가 바이러스 파고드는 재미로 살기는 하죠. 어떻게 된 건지 알아볼게요. 이런 바이러스가 실재하는지요. 인공이라면 누가 왜 이런 위험한 걸 만들었는지 밝히는 건 여러분 영역이고요."

말을 마친 리나는 화면을 두 번 연달아 건드려 연결을 끊었다. 한은 어벙하게 그녀를 쳐다보았다.

"이 홀로그램기 아세요? 아직 시중에 안 나온 걸로 아는데?"

"몰라도 보면 대충 사이즈 나오잖아요."

리나는 먼저 일어나 사무실 문을 열고 나섰다.

"내부 구경도 시켜드려야 하니 실험실로 이동하시죠. 아까 그게 정보의 30퍼센트라고 했으니까 나머지 70퍼센트를 알려 주셔야겠어요."

"다른 사람들 있는 데서는 말하기 좀 곤란해서요."

"걱정 마세요. 지금은 저 혼자 쓸 거니까 괜찮아요. 아, 맞다. 그리고……."

리나는 걸음을 멈추고 한에게 얼굴을 가까이 들이댔다.

"저 그 별명 안 좋아해요. 동북아 대통합. 이 바닥에선 웬만 하면 다 아는 사실인데, 정보 업데이트가 안 됐나 봐요."

리나가 영혼 없는 눈빛으로 생긋 웃고는 앞장섰다. 한은 욱 신거리는 오른 손목을 쓰다듬으며 그녀를 뒤따라갔다.

'이 사람은 상대를 도발하는 재주가 있는 게 분명해.'

한이 그렇게 생각하던 순간, 갑자기 뒤통수가 울렸다. 한이 반사적으로 확 돌아보자 길고 좁은 복도 중간에 있는 통로로 누군가 급하게 사라졌다. 한의 동체시력이 순식간에 사라진 이의 복장을 체크했다.

'회색 바지, 흰 가운.'

한은 재빠르게 통로로 달려갔다. 뒤에서 "어디 가요?"라는 리나의 당황한 목소리가 들렸다. 모퉁이를 도니 다시 좁고 긴 통로가 나왔다. 맨 끝 양 갈래 길에서 오른쪽 통로로 흰 가운 옷자락이 지나갔다. 얼른 그 뒤를 쫓았다. 또다시 실험실을 둘러싼 좁은 통로가 나왔다. 한이 앞의 기척에 집중하며 소리 없이 통로를 빠져나오자 로비가 나왔다. 맨 처음 리나와 만난 장소였다.

연구원들은 각자 태블릿을 들고 조용히 제 갈 길을 가고 있었다. 대부분 회색 바지에 흰 가운 차림이었다. 한은 그 자리에 서서 촉각을 곤두세웠다. 오른쪽 비상계단 옆의 엘리베이터, 사무실 복도, 그가 나온 실험실 복도. 리나의 사무실 근처에서 느꼈던 기척은 어느새 자취를 감추고 없었다. 엘리베이터를 보니 세 대 중 한 대는 올라오는 중이고, 한 대는 1층에 서 있었다. 한은 인상을 찌푸렸다.

'놓친 건가.'

순간 뒤통수가 서늘해졌다. 한은 반사적으로 주먹을 쥐고 몸을 비틀며 훅을 던지려다 멈췄다.

리나가 커진 눈으로 서 있었다. 한 역시 놀라서 주먹을 내렸다. 그녀가 왼팔로 턱을 가리는 자세를 하고 있었다. 한과 눈이 마주친 리나는 얼른 자세를 풀었다.

"뭐예요, 사람 놀라게."

"오버했네요, 제가."

한은 어색해서 괜히 얼굴을 만졌다. 연구소 내부에 수상한 사람이 있다고 하면 함부로 의심한다며 협조하지 않을 가능성도 있었다. 리나의 캐릭터가 완전히 파악되지 않은 상태에서 괜한 말을 할 필요는 없었다.

"오세요."

리나는 황당하다는 듯 그를 보며 복도 쪽으로 몸을 돌렸다. 한은 자신만 알아들을 수 있는 성량으로 세이에게 말했다.

"선우에게 연락. 관리국 연구소 직원 전부 조사. 연구소 내부에 스파이 침입 가능성."

시계 화면이 은빛 소용돌이를 그렸다. 그는 얼른 리나 뒤에 바짝 따라붙었다.

*

특수실험부 A랩 내부는 온통 하얀 데다 갖가지 실험 도구만 있어 살풍경이었다. 한은 리나와 같은 A급 방호복 차림에 고글과 마스크를 착용하고 잔뜩 인상을 찌푸린 채 서 있었다. 같은 차림의 리나는 피투성이에 듬성듬성 털까지 벗겨진 시궁쥐들을 해부하느라 여념이 없었다. 그녀는 해부를 마칠 때마다 머리 한 뼘 위에 위치한 투명 모니터 버튼을 눌렀다. 모니터에 폭탄을 맞은 듯한 시궁쥐의 뱃속이 선명하고 크게 나타났다. 모니터를 다시 끄고 다섯 번째 시궁쥐의 배를 가른 리나가 무심하게 그를 보았다.

"국정원 블랙 요원은 이런 거 봐도 아무렇지 않을 줄 알았는데요."

"싫은 건 싫은 거니까요."

"바이러스 영상은 일본 메델라 바이오 연구소 기밀 파일에 있던 거다. 두 바이러스가 알래스카 영구동토층이 녹으며 떠내려온 고대 바이러스라고 추정한다. 일본이 어디까지 연구했는지 밝히지 않았고 학술적인 이유로 연구 중이라고 했다. 맞아요?"

리나는 한에게서 들은 정보를 순서대로 빼놓지 않고 속사포처럼 쏟아냈다. 한은 고개만 끄덕였다. 전 관리국장 김인만에 대한 건 말하지 않았다. 사망한 블랙 요원이 왜 김인만을 언급했는지 더 파 봐야 했다. 리나는 바이러스의 실재 여부만 확인해 주면 되는 일이라 굳이 알릴 필요도 없었다.

"아무튼 정보의 70퍼센트는 국정원도 모르는 거네요, 칩이 날아가서."

리나는 또 자기 하고 싶은 말로 넘어갔다. A랩에 들어오자마자 칩에 대해 설명한 걸 이제야 짚고 있었다. 실망한 그녀의 표정에 은근히 짜증이 밀려왔다.

"처음부터 대단한 거 없다고 했잖아요. 그리고 초빙 연구원이나 연구원이라고 해주시겠어요? 블랙 요원이라고 부르시면 안 되는데요."

"할 줄 아는 게 있어야 연구원이라고 해주죠."

한은 쥐의 혈액을 분석기에 넣고 돌리는 리나의 뒤를 바짝 따라갔다.

"알 게 뭐예요? 여기 연구사님하고 저밖에 없는데요."

그 말에 리나가 멈칫하더니 한을 향해 돌아섰다. 그녀의 강렬한 눈빛에 지고 싶지 않아 똑바로 바라보았다.

'평범한 사람은 아니야.'

일반인도 블랙 요원을 긴장시킬 수 있고 기가 센 사람도 있지만, 리나처럼 한과 맞붙어서 물러서지 않는 사람은 드물었다. 지금까지 어떻게 살았기에 이 정도 배짱을 가진 걸까.

"비켜달라고요."

"아."

한은 그제야 옆으로 비켰다. 리나가 그를 빤히 보다가 지나쳐 초고해상도 현미경 앞으로 옮겨 갔다. 한은 뒤늦게 그녀한테 따라붙어 현미경을 들여다보고 있는 리나의 뒤에 대고 말했다.

"특별한 의미로 한 말은 아니니까 제 호칭을 제대로……."

리나가 고개를 들어 다시 한에게 몸을 돌렸다.

"특별한데요, 이건."

한은 그녀가 대체 무슨 소리를 하나 싶어 양미간에 주름을 세웠다. 리나가 말을 이었다.

"그쪽에서 보여준 바이러스랑 같아요."

한이 놀라서 잠시 멍해졌다. 리나가 한발 다가와 나직이 말했다.

"누가 일부러 하지 않고서야 향기도의 쥐들만 죽을 리 없겠죠. 이제 저게 어디서 나왔는지 찾아내시면 되겠네요."

서랍

다짜고짜 한을 고압 공기로 샤워시킨 후 A랩에서 밀어낸 리나는 바로 출입문 옆의 버튼을 눌러 '출입 금지' 홀로그램을 띄웠다. 그런 다음 실험실 맨 끝에 있는 랩탑으로 달려가 시궁쥐에서 나온 바이러스의 3D 이미지를 특수실험부 팀장인 양진영에게 보냈다. 가슴이 뛰었다.

'쥐들이 저렇게 죽은 건 바이러스 때문인 게 맞았어.'

끔찍한 혼종 바이러스라 심각한 게 사실인데도 흥분되는 건 어쩔 수 없었다. 고압 공기샤워실에서 방호복을 벗고 옷을 갈아입는 동안 리나의 머릿속에는 한 가지 생각밖에 없었다.

'확인할 수 있다.'

오랫동안 물음표로 남아 있는, 실체를 알 수 없던 바이러스가 있다. 사람에게 감염되어 몇 분 만에 죽음에 이르게 한 치명적인 그것. 인공 변이라는 것 외에 모든 사항이 기밀에 부쳐진 그 바이러스에 대한 실마리를 찾을지도 모른다. 어릴 때 학교에서 방학하던 날도 이렇게 설레지는 않았던 것 같다. 2층에 도착한 엘리베이터에서 내려 팀장의 사무실로 향하는 걸음이 점점 빨라졌다.

"팀장님, 확인하셨죠?"

리나가 수동으로 문을 벌컥 열고 들어서자 진영은 놀라서 인상부터 찌푸렸다. 그녀는 리나의 말을 알아듣지 못한 척했지만 이미 투명 모니터에는 리나가 보낸 바이러스 이미지가 떠 있었다.

"팀장님."

리나가 상기된 얼굴로 진영이 앉은 책상 코앞까지 다가왔다. 그녀의 눈동자가 유독 반짝거렸다.

"보고 계시네요. 이거 이제는 밝힐 때가 됐다는 신호 아닐까요?"

진영은 아무 대답도 없었지만 리나는 계속 밀어붙였다.

"'서랍', 열어주세요."

"그거 아무나 열어주는 거 아니야."

"'서랍'은 대한민국 최고 권위자와 보건복지부 장관, 그리고 질병청 관리국 수장과 특수실험부 관계자에 한해서 접근할 수 있다. 특수실험부의 6급 연구사의 경우 상사의 허락하에 접근 가능하다."

리나가 생화학무기가 될 수 있는 고위험 바이러스 샘플 센터에 대한 법령을 읊자, 진영은 자리에서 일어나 노골적으로 싫은 기색을 보였다.

"보고서나 제출해. 위에서 알아서 할 거야."

"'서랍'에 있는 건지 확인을 하고 올려야죠. 뭐라고 올릴까요? 2026년 질병청 관리국 인공 변이 바이러스 살포 사태 때와 같은 걸로 추정할 수도 있지만 확인은 하지 못했다, 확인하라고 하면 지금부터 하겠다, 그럴까요? 그럼 참 좋아들 하시겠어요. 애초에 2026 바이러스가 맞는지 왜 알아보지 않았냐며 한마디 할걸요? 아니면 팀장님 혼자 확인하고 보고서 수정해서 올리려고요? 저, 원본 파일 공유 하드에 올릴 거예요. 보고서 형식 갖춰서요. 요즘 다들 그러고 있잖아요."

"너까지 '서랍'에 들어갈 필요는 없으니까 한 말이야."

"팀장님 이름으로 보고서 써드릴게요. 공은 팀장님이 가져가세요. 대신 연구는 제가 할게요."

리나를 보는 진영의 눈빛은 여전히 잘못 배송된 택배를 보는 것 같았다. 그럼에도 그녀의 굳었던 표정이 조금씩 누그러지고 있었다.

"17시. 바이오 샘플 센터 1층이야."

"여기서 안쪽으로 더 들어간 데 있는 거기죠? 알겠습니다."

리나는 당장이라도 달려가고 싶은 충동을 꾹 누르며 돌아섰다. 그때 뒤에서 진영의 목소리가 들렸다.

"배 연구사, 왜 그렇게 2026 바이러스에 집착해?"

사무실을 나가려던 리나가 걸음을 멈췄다. 진영이 그녀의 뒤통수에 대고 말을 이었다.

"베이징대학원 졸업식 하기도 전에 여기 온 거, 그 바이러스 때문이지? 그래서 새로운 바이러스가 발견되면 악착같이 제일 먼저 들여다본 거고. 여기 온 지 얼마 안 돼서도 '서랍' 열어달라고 했잖아. 왜? 무엇 때문에? 나라를 위해서? 설마 그런 거창하고 숭고한 이유는 아닐 거고……. 네 이름을 딴 바이러스를 발표하고 싶은 거지? 완전한 인공 변이를 만들어서."

리나는 손가락으로 머리카락을 헤쳐 왼쪽 귀 뒷부분을 슬쩍 만졌다.

"궁금해서 잠도 안 와요. 어떻게 생겨먹었기에 관리국 사람을 몇 분 만에 죽이고도 아무것도 밝혀지지 않았는지……. 왜 그냥 '서랍'에서 잠자고 있는지 팀장님은 그게 안 궁금해요?

바이러스 연구하는 사람이면 다 궁금하지 않을까요? 더구나 관리국에서 일어났던 일이잖아요."

"너무 위험해서 그럴 수도 있어."

"설마, 지금 여기저기서 튀어나오는 고대 바이러스 백신 개발 때문에라도 그럴 일은 없을 거예요. 저 바이러스는 기원도 모르는데."

리나는 말을 마친 후 진영에게 고개를 돌리고 다시 가볍게 눈인사를 했다.

"17시. 이따 꼭 봬요."

*

리나에게 막무가내로 쫓겨난 한은 바로 지공양용차를 타고 과천의 '평탄 한의원'을 찾아갔다. 한은 한의원의 화장실 제일 구석 칸으로 들어갔다. 청소 도구를 놔두는 칸막이 뒤쪽 벽을 밀면 바로 선우가 있는 방이 나왔다.

방에는 각종 홀로그램 모니터와 랩탑, 태블릿들 그리고 피라미드 모양의 LED등 같은 AI와 함께 그의 안드로이드 정보원 선우가 있었다. 선우는 이곳에서 정보를 수집하고 분석했다. '평탄 한의원'은 중국에서 국정원 정보원을 하다가 노년에 은퇴한 한의사가 한국에 돌아와 운영하는 곳이었다. 과천의 상가 밀집 지역에서 한 블록 들어온 곳에 위치한 건물이라, AI를 돌리며 선우를 충전하는 데 쓸 전기가 충분하다는 것도 이곳에 자리 잡은 이유 중 하나였다.

"조사한 파일들 요원님한테 보냈어요."

방에 들어온 한을 보자마자 선우가 말했다. 작은 노트북을 무릎 위에 올려둔 채였다. 한은 손가락으로 투명 스크린을 누른 후 자신의 박스 아이콘을 눌렀다. 아이콘 옆에 관리국 바이오 연구소 직원 리스트가 검은 글씨로 떴다. 그는 배리나의 이름을 찾아 클릭했다.

"배리나. 30세. 질병청 관리국 특수실험부 6급 연구사. 서울 출생. 서울 국제학교. 일본 세토대학. 연강대학원 석사. 베이징 대학원 박사. 한중일 다 거쳤다고 해서…… 별명은 동북아 대통합. 이게 다야?"

"아마도요? 더 필요한 거 있으면 말씀하세요."

"개인사 알아볼 수 있는 건 전부. 뭔가 있어."

한이 말하자마자 선우의 손가락이 바쁘게 키보드를 두드리며 옆의 AI에게 지시했다.

"오시리스, 지금 요원님 이야기 중 아는 거 있으면 얼른 정리해."

"네, 선우님."

오시리스는 세이보다 사무적인 AI인지 말이 거의 없었다. 선우도 AI와는 필요한 말만 하는 편이었지만, 한과는 적극적으로 대화하고 싶어 했다.

"배리나, 뭐 있는 거예요?"

"그건 네가 조사하는 거 나와봐야 알지."

한은 짧게 대화를 마무리했다. 지금은 선우와 수다를 떨고 있을 때가 아니었다. 이곳에 오는 동안 벌레 건, 어제 뉴스, 향기도의 시궁쥐들이 머릿속에서 정리됐다. 그는 재킷 안주머니에서 홀로그램기를 꺼내 액정에 뜬 버튼을 눌렀다. 바로 혁진의 홀로그램이 나왔다.

"차장님, 지금 향기도 좀 파봐야겠습니다. 사람 둘만 붙여주세요."

리나는 시궁쥐들한테서 나온 바이러스가 칩에 담겨 있던 바이러스와 같은 거라고 했다. 시궁쥐들이 죽은 그 언저리에 뭔가 있는 게 분명했다. 그걸 알아야 바이러스 이동 방법을 추측할 수 있었다. 한이 통화를 마무리하자 선우가 열심히 키보드를 두드리며 다시 말을 붙였다.

"인공 변이 확인한 거 아니었어요? 혹시 이 사람이에요? 유출한 거."

"그걸 모르니까 알아보라는 거야. 수고해라."

한은 자꾸 대화를 시도하는 선우의 어깨를 툭툭 치고 나갔다. 향기도에 도착한 한은 똑같이 A급 방호복을 입은 요원 둘과 함께 시궁쥐들이 죽은 지점을 찾아냈다. 산더미처럼 쓰레기가 쌓여 있는 바로 뒤편으로 서해 해안가가 바로 연결되는 곳이었다. 거기에는 A랩에서 봤던 쥐들과 똑같은 모습으로 널브러져 있는 쥐의 사체들이 있었다. 한은 죽은 쥐들을 발로 치우면서 딛고 있는 땅을 세게 밟아나갔다. 몇 차례 그러기를 반복했더니 발바닥에 닿는 굳기가 다른 곳에 다다랐다. 한이 1미터가량 되는 가는 막대기 형태의 투과 레이더로 토양 위를 훑었다. 투과 레이더는 스캔하며 여러 빛깔로 땅 아래 묻힌 것을 표시했다. 이윽고 1미터 50센티 밑에 초록색 덩어리가 나타났다.

"여기!"

한이 저만치에서 여기저기를 밟아대는 요원들에게 손짓했다. 두 사람이 다가와 투과 레이더가 스캔한 것을 확인했다.

"초록색인데요? 시체면 붉은색이잖아요."

"보통 레이더에는 안 걸리려고 특수 비닐 백에 싸놨겠지."

건장한 세 사람이 커다란 삽으로 땅을 파헤치기 시작했다. 삽의 센서가 1미터 50센티를 팠다며 울려댔다. 정말 삽에 닿는 물체가 있었다. 한과 요원들은 그 주변을 좀 더 판 후에 손으로 훑었다. 검은색의 불투명한 재질로 된 비닐 백이 나왔다. 세 사람은 힘을 다해 백을 들어 올렸다. 한이 비닐 백 가로 부분에서 시작되는 숨겨진 지퍼를 찾아냈다. 아까 질문했던 요원이 볼펜만 한 레이저로 지퍼를 따라 비닐 백을 절개했다. 한이 비닐 백을 걷어 안을 확인했다. 젊은 여성의 시체였다. 여성의 입과 눈, 귀에 검게 피 흘린 자국이 지저분하게 들러붙어 있었다. 실험실에서 리나가 해부했던 시궁쥐의 모습과 흡사해 보였다. 바이러스 감염으로 피를 토하며 죽은 흔적일 게 분명했다.

"아래 더 있지?"

"셋, 아니다. 다섯 더 있어요!"

한이 깊은 한숨을 내쉬자 헬멧 안이 부옇게 변했다. 인체 실험이다. 테러 전 실험을 한 것이다. 테러는 그들이 쫓는 것보다 더 빠르게 진전되고 있었다. 한과 요원들이 파낸 시체는 전부 여섯 구였다. 한의 연락으로 국정원 수사기관의 과학수사팀 차들이 쓰레기차로 위장하고 조용히 줄지어 들어왔다. 여섯 명이나 실험해야 하는 이유가 뭐였을까. 한은 도쿄에서 만났던 여자가 한 말을 떠올렸다.

'구공일오. 비둘기와 고양이가 벌레에 물려요.'

비둘기는 봉황, 즉 한국의 대통령을 빗댄 말이고, 고양이는 북의 정상을 상징하는 호랑이를 의미했다. 그는 자신의 차에 올라타 방호 헬멧을 벗고 고압 공기샤워 버튼을 눌렀다. 백미러로 비치는 눈이 벌겠다. 그는 메인보드 모니터에 부착해놓은 홀로그램기로 혁진을 불러냈다.

"차장님, 9월 16일. 남북정상회담. 회담 장소에 들어가는 건 양쪽 VIP 포함 여섯 명. 맞죠?"

"그걸 노린 건가?"

"중장년 남성 셋, 중년 여성 하나, 20대 여성 하나, 10대 후반에서 20대 초반 추정 여성 하나. 참석자들 연령대와 성별 모두 일치합니다. 서랍에서 빼낸 바이러스로 예행연습을 한 겁니다."

"그럼 구공일오에 쓸 물건을 마련하겠군."

"일본 메델라에 바이러스가 정말 없을까요?"

"배리나 연구사는? 배 연구사는 아는 게 없나?"

"감시하라고 하시면 하겠습니다."

"감시해야지. 신재원이라는 이름으로 계속 붙어서 뭐 하는지 잘 지켜봐."

전화를 끊은 한은 곧 보디 백에 차례로 담기는 사체들을 응시했다. 끔찍한 몰골이었지만 무섭지는 않았다. TV 뉴스의 내용을 기억해보면 실종됐어도 사회적으로 금방 잊힐 사람들이었다.

'더 이상 뉴스는 나가지 않을 테니 그들 뜻대로 잊힐 거다.'

눈에 뜨거운 습기가 차올랐다.

'아무도 찾지 않을 사람들로 골랐어. 죽여도 된다는 생각으로 고른 거겠지.'

누구를 향해야 할지 알 수 없는 답답한 분노가 한의 가슴을 꽉 메웠다. 두 골 더 넣으면 된다고 했지만 벌써 진 것만 같았다. 그게 분노의 전부가 아님을 한도 알고 있었다. 그도 AI조차 제대로 가동할 수 없을 만큼 가난한 지역 출신이었다. 어금니에 절로 힘이 들어갔다.

"요원님, 바이오리듬 정리하셔야 돼요. 선우 요원 보고가 도착했는데, 조금 진정하고 보시는 게 좋을 거 같은데요."

대시보드 위에 올려둔 세이가 은빛 소용돌이를 그리며 보고했다. 분한 마음을 애써 흘려보내며, 한은 방호복을 벗고 차를 출발시켰다.

*

바이오 샘플 센터는 서울 우암산에 위치한 연강대 캠퍼스의 가장 구석에 있는 관리국 바이러스 연구소보다 1킬로미터는 더 들어간 곳에 있었다. '서랍'은 그곳 지하 6층부터 8층에 있었고, 입구는 지하 1층이었다. 17시 정각. 진영과 리나는 바이오 샘플 센터 1층에서 만났다. 긴장과 흥분으로 뒤섞인 리나와 달리 진영은 시큰둥한 표정이었다. 진영은 마지못해 1층 검색대를 먼저 통과해서 엘리베이터로 향했다.

지하 1층에서 내린 둘은 핸드폰을 비롯한 모든 소지품을 맡기고 몇 차례의 몸 스캔을 마친 후, A방호복을 입고 지하 8층으로 갔다. '서랍'은 사소한 실수로 바이러스 용기를 떨어뜨리기만 해도 당장 생화학무기로 변할 수 있는 샘플들을 모아놓은 곳이었다. 이 센터의 바이러스 샘플 보관소를 '서랍'이라고 부르는 건, 샘플 하나하나를 따로 보관해놓은 금고 안이 온통 서랍으로 되어 있기 때문이었다. 사방으로 벽에 빼곡하게 차 있는 서랍에는 각각의 바이러스 샘플이 들어 있었다.

지하 8층에 도착한 두 사람은 일명 2026 바이러스라 부르는 인공 변이 바이러스가 보관되어 있는 9섹터의 검사대를 통과해서 안으로 들어갔다. 그들이 9섹터의 검색대를 통과하자 붉은빛이 그들의 몸을 스캔했다. '서랍'으로 들어가기 전 문 옆에 있는 모니터로 찾고자 하는 바이러스를 검색할 수 있었다. 리나가 2026을 검색하자 '7열-121'이라는 문자가 떴다. 2026 바이러스가 보관된 위치였다. 진영이 리나를 보았다. 2026 바이러스와 이 바이러스가 정말 일치한다면, 어쩌면 2026년에 관리국에서 일어났던 비극에 대한 것도 밝혀질 가능성이 있었다. 리나도 긴장한 표정으로 진영을 보았다. 둘은 나란히 9섹터로 들어가 '7열-121' 서랍을 찾았다.

두 사람의 허리께에 있는 서랍이었다. 진영이 발급받은 임시 비밀번호를 서랍의 모니터에 입력했다. 짧은 전자음이 서랍이 열렸음을 알리자, 리나는 가벼운 현기증을 느꼈다. 확인할 수 있다. 2026 바이러스가 쥐에서 나온 바이러스와 같은지. 아니, 2026 바이러스 자체를 볼 수 있다. 리나는 그것만으로도 흥분됐다. 둘은 긴장한 표정으로 서랍이 앞으로 나오기를 기다렸다. 두 사람은 동시에 짧은 탄성을 질렀다.

"뭐예요, 이게?"

리나의 날카로운 목소리에 진영은 고개를 저을 뿐이었다. 그녀의 눈빛은 당황해서 흔들리고 있었다. 서랍은 비어 있었다.

확산

    오후 5시가 넘었는데도 전라남도의 유명한 한옥 카페는 사람들로 북적였다. 본채와 별채, 그리고 두 평 남짓한 정자까지 모두 빈자리가 없었다. 남자는 정자의 입식 테이블에 앉아 있었다. 남자의 눈은 전혀 웃지 않고 있었다. 하지만 사람들은 검은 선글라스로 가려진 그의 눈빛이 어떤지 알지 못했다. 그는 입가에 미소를 지으며 테이블 반대편의 하얀 도자기 잔을 지그시 바라보았다. 반쯤 남은 녹차는 이미 식어 있었다. 한 남자아이가 한옥 카페 마당의 돌길을 깡충깡충 뛰어다녔다.

    아이는 좁은 마당을 지나다니는 직원이나 손님들과 사정없이 부딪치면서 깔깔거렸다. 그 바람에 여자 손님이 들고 있던 유자차를 쏟았다. 아이가 손뼉을 치며 즐거워했다. 아이의 부모는 처마 밑의 테이블에 앉아 각자 핸드폰을 들여다보고 있었다. 직원이 유자차를 쏟은 손님의 옷을 물티슈로 닦아주며 대신 사과했다. 아이의 부모는 핸드폰에 빠져 무슨 일이 있는지 전혀 모르는 것 같았다. 남자 역시 핸드폰을 켜놓고 있었다. 핸드폰에 뜬 것은 새로운 백신 개발에 관한 기사였다.

'메델라 일본 바이오 연구소가 개발한 변형 엔하임바이러스 백신 출하……. 무작위로 발생하는 새로운 호흡기 질환으로 급작스러운 기침과 두통, 고열을 수반한…….'

남자는 지그시 눈을 감았다. 기도라도 하는 것처럼 보였다. 잠시 후 눈을 뜬 남자는 핸드폰을 끄고 주머니에 넣으며 밖으로 나왔다. 아이는 기다리기라도 한 것처럼 남자에게 뛰어왔다. 아이가 남자의 무릎을 걷어차기 전, 남자가 먼저 아이를 무릎으로 쳐냈다. 바닥에 벌러덩 나동그라진 아이는 얼떨떨한 표정으로 남자를 뚫어져라 보았다. 그리고 큰 소리로 울기 시작했다. 그제야 아이의 부모가 자리에서 벌떡 일어나 달려나왔다. 남자는 한쪽 무릎을 꿇고서 아이 앞에 앉아 손을 꼭 잡아줬다. 그가 부드럽게 물었다.

"괜찮니?"

아이 어머니가 엉엉 우는 아이를 얼른 자기 품에 안고는 다친 데가 없는지 확인했다. 아버지가 거만하게 남자를 내려다보았다.

"어른이 애가 노는 걸 잘 보고 피했어야지…… 요……."

남자가 일어나 자신의 앞에 서자 아이 아버지의 목소리가 기어들어 갔다. 자신보다 10센티는 큰 남자가 저벅저벅 앞으로 다가오자 아이 아버지는 주춤거리며 뒤로 물러섰다.

남자가 입가에 미소를 지으며 말했다.

"그러게요. 아이는 실수로 그럴 수 있죠. 하지만 어른은 아니니까요."

나긋나긋하지만 위압적인 그의 목소리에 긴장한 아이 어머니가 우는 아이의 입을 막았다.

"자기야, 이런 데 더 있지 말고 가자."

"어……. 조, 조심해요, 앞으로는."

아이 아버지가 떨리는 목소리로 남자에게 허세를 부리고는 먼저 한옥 카페를 빠져나갔다. 그 뒤를 아이 어머니와 아이가 재빠르게 따라갔다. 어느덧 남자의 얼굴에 미소가 사라졌다. 남자는 직원들에게 깍듯이 인사하고 천천히 한옥 카페의 문을 열고 나왔다. 도로를 향해 걸어 내려오니 조금 전의 가족이 주차장에서 차에 올라타는 모습이 보였다. 최신형 스카이카였다. 아이는 어느새 울음을 그치고 뒷좌석에 올라타고 있었다. 아이가 잔기침을 하기 시작했다. 얼핏 울고 난 뒤에 하는 헛기침처럼 보였다. 운전석과 조수석에 앉은 아이의 부모도 기침하는 모습이 보였다. 남자의 입가에 다시 웃음이 떠올랐다. 조금 전의 가식적인 미소가 아닌 진짜 웃음이었다.

"임무 완료."

그는 고개를 돌려 잠시 카페를 돌아보았다. 문을 열고 나오는 여자 손님 둘의 얼굴이 몹시 피곤해 보였다. 그중 하나가 기침 때문에 손으로 입을 가렸다. 남자는 터져 나오려는 웃음을 애써 참으며 주차장으로 가서 자신의 차에 올라탔다. 조금 전의 아이네 가족이 탄 스카이 카가 두둥실 떠오르더니 주차장을 떠났다. 남자는 조수석에 놓여 있던 노트북을 집어 들어 화면을 터치했다. 기사를 작성하는 프로그램이 나오자 그는 비어 있는 이름란을 채우고 '송고' 버튼을 눌렀다.

자신이 작성한 기사를 대충 훑던 남자는 카페에서 나오던 노년의 여성이 기침하다가 자리에 주저앉는 장면을 목격했다. 안에서 가족으로 보이는 중년의 여성이 뛰어나와 노인을 일으키려 했다. 중년 여성 역시 기침을 심하게 했다. 남자는 끼고 있던 선글라스를 벗었다. 선해 보이는 검고 큰 눈동자에 이내 광채가 번득였다. 그는 백미러로 자신의 얼굴을 보더니 앞머리를 손으로 정리했다. 노트북 화면에 데스크의 '원고 승인' 문자가 온 게 보였다. 그는 자신이 쓴 원고 제목을 클릭해서 다시 확인했다.

'2026년, 사망한 전 질병청 관리국장 김인만에 스파이 의혹이 있었다. 바이러스 정보 유출 의문. 그는 자신이 만든 바이러스에 당했나? 은정욱 기자.'

남자는 만족스러운 표정으로 노트북을 덮어 조수석에 두었다. 그러더니 문득 생각이 난 듯 뒷좌석을 돌아보았다. 좌석 아래에 작은 체구의 남자가 등을 보이며 엎어져 있었다. 그는 축 늘어져서 미동도 하지 않았다. 남자가 대시보드에서 오래된 핸드폰을 꺼냈다. 2000년대 초반에나 썼을 단종된 폴더형 핸드폰이었다. 남자는 버튼을 눌러 메시지를 입력했다.

'별장지기 수거 완료.'

초록색 통화 버튼을 눌러 문자를 보낸 남자는 'OK. GO NEXT'라는 답문을 확인하고, 핸드폰을 다시 대시보드에 넣었다.

"그럼 다음 장소로 이동해볼까."

남자가 여유를 부리며 시동 버튼을 눌렀다. 순간 잔기침이 나왔다. 남자는 기침하며 재미있다는 듯 웃음을 터뜨렸다. 남자의 스카이 카가 주차장 위로 떠오르더니 서울로 향했다.

아버지

밤 8시. 여느 때 같으면 퇴근했을 진영이 소장실에 있었다. 리나의 눈에 그녀는 꼭 벌 받으러 교무실에 들어온 초등학생처럼 보였다. 둘 외에도 특수실험부 소속인 유상과 상은도 불려 와 있었다. 소장인 임태호가 의자에 누운 듯 깊이 앉아 있었다. 통통한 그의 얼굴이 더 부어 보였다. 네 사람은 나란히 서서 태호가 무슨 말이라도 해주기를 기다리고 있었다. 이윽고 그들을 매섭게 쏘아보던 그가 입을 열었다.

"지난 석 달간 바이오 샘플 센터 자체에 연구소 사람들이 드나들었다는 기록이 없어. 석 달 전 마지막으로 출입한 사람이 배 연구사."

소장을 비롯한 사람들의 시선이 일제히 리나에게 쏠렸다.

"보고서에 올린 아프리카의 새로운 열병 바이러스 샘플을 등록하러 갔던 겁니다. '서랍' 근처는 가보지도 못했습니다."

리나는 분명한 어조로 대답을 하며 머릿속으로 그날 일을 떠올렸다. 센터 1층 로비에서 샘플 등록 수속을 마쳤고, 안에서 A방호복을 입은 직원이 나와 샘플을 금속 보관 박스에 담고, 둘이 동시에 인수인계 사인을 했다. A방호복을 입은 직원은 30대 정도에 170센티쯤 되는 남성이었다.

"여기서 '서랍'에 접근할 수 있는 건 양 팀장하고 특수실험부, 당신들뿐이잖아."

태호의 미간 주름은 고무가 구겨진 것 같았다. 그가 몸의 중심을 앞으로 옮기며 책상 위로 두 손을 모았다.

"사흘 전, 9월 10일 새벽 4시경에 센터 전체가 정전이 됐어. 약 3분간. 외부 경비 나갔던 직원이 잠깐 기절했었고, 눈에 띄는 게 없었기 때문에 쉬쉬하고 넘어갔던 건데 말이지……."

그의 무거운 목소리에 다들 숨소리도 내지 못하고 서로를 보았다. 누군가 바이러스를 빼돌렸다는 뜻이다. 전원 차단기를 내리고 3분 만에.

태호가 리나에게 물었다.

"일본 메델라에서 왔다는 친구, 오늘 온 게 맞아? 지금 어디 있어?"

"평범한 바이러스가 아니라는 걸 알고 바로 내보냈습니다."

태호의 눈빛이 더 매섭게 번득이더니 진영을 쏘아봤다.

"그 친구 신원 체크 확실히 한 거야? 양 팀장이 메델라에 접촉해서 배 연구사한테 보낸다고 했잖아."

"네, 신원 확인했습니다. 제가 할 수 있는 한에서는요."

진영의 말에서 점점 힘이 빠져나갔다. 출세욕이 강한 그녀는 이번 일이 잘못될까 봐 전전긍긍하는 게 훤하게 보였다. 너무 빤한 진영의 태도에 태호는 혀를 차고는 몸을 더 앞으로 숙이며 으르렁거리듯 말했다.

"나는 이 건은 보고할 수밖에 없었고, 조금 전에 이번 일에 대한 조사가 있을 거라는 연락을 받았어. 배 연구사는 일본에서 온 그 친구 불러. 조사 끝날 때까지 한국 못 떠나니까 그렇게 알고."

상은이 불만 가득한 표정으로 입을 열려고 하자 태호가 입을 막듯 이어 말했다.

"내가 당신들 커버 치지 않는다고 불평하지 마. 나도 댁들이랑 같은 처지니까. 조사 받아야 된다고."

그는 다시 진영을 노려보며 쏘아붙였다.

"그 후에 양 팀장의 관리 소홀에 대한 처분을 결정하지."

말은 점잖게 했지만 저 눈빛은 반드시 징계하겠다는 의지의 표시였다. 리나는 불곰과 불곰에게 잡힌 생선 같은 태호와 진영을 지켜보며 핸드폰을 꺼내 한의 연락처를 찾아 문자를 보냈다. 다들 돌아서서 나가려는데 태호가 리나를 불러 세웠다.

"배 연구사는 잠깐 남아."

유상과 상은이 의아한 표정으로 리나를 돌아보았다. 진영은 불안한 눈동자로 태호와 리나를 번갈아 보았다. 이번 일로 자신이 밀려나는 건 아닐까, 하는 눈빛이었다.

"소장님, 일본 메델라 신재원은 확인 절차 잘 마쳤습니다. 바이오 샘플 센터 건도 제 잘못이 아닌데, 왜 배 연구사를 따로…… 설마 저 대신 배 연구사에게 일을 맡기시려는 건……"

감정이 격해진 진영의 목소리가 바르르 떨렸다.

"특수실험부는 당신 책임이잖아!"

태호가 버럭 소리를 질렀다. 여태 잘 틀어막고 있던 뚜껑이 펑, 하고 날아가는 것만 같았다. 얼굴이 새빨개진 진영이 유상, 상은과 함께 서둘러 사무실을 나갔다. 태호는 그제야 리나에게 시선을 옮겼다.

"3개월 전 샘플 등록하면서 장난친 거 아니야?"

"바이러스 연구하는 공무원이 바이러스로 장난을 왜 쳐요. 저 그런 짓 안 해요."

"누구보다 위험성을 잘 아니까 그럴 수도 있지."

리나의 눈빛이 차가워졌다.

"정 의심스러우시면 CCTV 확인해보세요."

"그건 국정원에서 알아서 할 거고. 다만 그 전에 나한테 먼저 불라는 거야."

리나는 가까스로 짜증을 참으며 답했다.

"아닙니다, 저!"

태호는 그녀가 뿜어내는 냉기를 비웃고는 바로 의자를 돌려버렸다.

"이야기하기 싫으면 말고."

"저를 의심하시는 이유가 뭔데요? 제가 마지막으로 바이러스를 등록해서 그러시는 거예요?"

"여러 이유가 있지만 본인이 더 잘 알고 있을 거 아냐. 나도 여기저기서 들리는 말들이 있다고. 말하기 싫으면 그만 가봐."

리나는 꼼짝도 하지 않고 서서 잠시 태호를 노려보았다. 태호가 나가라며 손짓을 했다.

"이번 일 마무리되면 정식으로 항의하겠습니다."

"마음대로 해. 난 합당한 의심을 한 거니까."

리나가 답답함을 못 이기고 짜증스럽게 말했다.

"소장님, 하고 싶은 말씀 있으면 확실히 하세요."

그녀에게 돌아온 건 태호의 빈정거림이었다.

"이걸 못 알아들어? 배 연구사를 믿어도 될지 아직 모르겠다는 거지."

이런 사람이었나. 리나는 저도 모르게 고개를 저었다. 어이가 없지만 더 이상 말이 통하지 않을 것 같았다. 사무실을 나가는 리나의 뒤로 태호의 목소리가 들렸다.

"앞으로는 명심해. 내가 지켜보고 있다는 거."

리나의 등 뒤로 사무실 문이 육중한 소리를 내며 닫혔다.

*

밤 10시 12분. 한과 리나는 의자만 몇 개 놓인 방 안에 앞뒤로 떨어져 앉아 있었다. 8시 21분에 한이 연구소에 도착하자 국정원 대공수사팀이 연구사들과 진영, 태호를 차에 태워 이곳으로 데려왔다. 양재에서 경기도로 가는 길에 있는 낡은 건물의 지하 2층이었다. 사방이 콘크리트로 된 방의 천장에는 모퉁이마다 달린 감시 카메라가 노골적으로 그들을 내려보고 있었다. 출입문 바로 위에는 스피커가 달려 있었다. 핸드폰을 비롯한 모든 소지품을 압수당한 두 사람은 각자 멍하니 허공을 바라보고 있었다.

맨 먼저 소장인 태호가 나가 조사를 받았고 그다음은 진영, 뒤이어 유상과 상은이 차례로 불려 갔다. 조사를 받은 후에는 바로 돌아간 건지 아니면 다른 방으로 간 건지 다시 돌아오지 않았다. 상은이 나간 지 20분이 조금 지났다. 둘이 이 방에서 기다린 시간은 총 3시간쯤 됐다. 한은 이곳에 오기 전 선우에게서 받은 보고를 떠올리며 리나에게로 시선을 돌렸다. 그녀의 반듯한 어깨와 등이 눈에 들어왔다.

'배리나. 서울 국제학교 졸업이기에 좀 찾아봤어요. 해외에서 태어나지 않아도 국제학교를 가는 경우가 있지만 혹시 모르니까요. 찾아보니 출생은 도쿄 메구로구인데요? 어머니는 첼리스트 이은경. 지금 미국 보스턴에 체류 중이고요. 친구는 단 한 명, 국제학교 동창 황세희. 이은경한테 첼로를 배웠어요. 그런데 친하다고 해도 일 년에 한두 번 만나면 많이 보는 거고, 연락도 잘 안 해요. 인간관계가 거의 없다고 봐야죠. 그리고 이 부분이 정말 희한한데요. 부친 쪽으로는 더 이상 나오는 게 없어요. 제 아이디로도 접근 금지 파일로 뜨더라고요. 배리나 지문부터 손목 혈관, 홍채 정보까지 동원해서 들어가보려고 했는데 안 되더라고요. 그래서 혹시나 하고 대공수사 쪽 파일을 몰래 들여다봤어요. 조사 받으러 가신대서요. 그랬더니 이런 게 나왔어요.'

김인만. 질병청 관리국 초대 국장. 2026년 연구소 사무실에서 인공 변이 바이러스에 감염돼 사망한 채 발견. 연구소에 오기 전 마지막 동선은 서울 강남의 인터하이 호텔 카페. 누구를 만났는지는 밝혀지지 않았다. 선우의 말은 대공수사팀이 지금 김인만의 파일을 갖고 들어왔다는 것이었다. 그게 꼭 리나와 관련이 있다고 단정 지을 수는 없었다. 하지만 그녀의 과거와 부친 쪽에 대한 파일이 접근 금지라면 충분히 의심스러웠다. 모종의 관계일 수도 있었다. 생각에 생각이 꼬리를 물고 일어나자 한은 리나에게서 시선을 떼지 못했다. 앞자리의 리나가 코웃음 치는 소리가 들렸다.

"제 등 뚫어지겠어요."

리나는 한을 향해 고개를 돌렸다. 그녀의 얼굴에 웃음기는 없었다.

"저를 걱정하느라 그렇게 쳐다보는 건 아닐 테고, 저 의심하세요?"

"그런 거 같아요?"

"말꼬리 잡는 거 들을 기분 아니에요."

"저도 농담하는 거 아니에요."

한 자신이 느끼기에도 싸늘한 어조였다. 리나는 잠시 그를 응시했다. 노려보는 것 같기도 했다.

"농담은 제가 하려고 했어요. 국정원에서 국정원 블랙 요원을 몰라보고 용의자로 조사하는 게 웃겨서요. 저 사람들 블랙 요원들 얼굴도 모르죠?"

냉기가 흐르는 리나의 목소리에 한은 또다시 총알이 스쳤던 상처가 욱신거리는 느낌이 들었다. 스피커에서 앞사람들을 불렀던 메마른 남자 목소리가 울렸다.

"배리나 씨, 문 앞에 있는 요원을 따라오세요."

출입문에 달린 작은 창으로 검은 양복 차림을 한 여성이 보였다.

"난 아니에요. 헛수고할까 봐. 알려주는 거니까 의심하지 마시라고요."

리나는 이렇게 말하고 방을 나갔다. 그제야 한은 입을 떼고 중얼거렸다.

"충고는 고마운데, 모든 걸 의심하는 게 내 직업이야."

리나가 나간 자리를 보는 그의 시선이 어느새 매섭게 변해 있었다.

*

리나는 콘크리트 벽으로 둘러싸인 방 안에서 책상을 가운

데에 두고 40대 여성 요원과 30대 남성 요원 둘을 마주했다. 정체를 알 수 없는 퀴퀴한 냄새가 리나의 불쾌함에 한몫 더했다. 여성 요원이 틈을 주지 않고 다짜고짜 밀어붙였다.

"배리나 씨, 바이오 샘플 센터 전력 차단장치 어디 있는지 알죠? 조작도 할 줄 알고."

"저만 아는 게 아닐 텐데요."

"정확히는 양진영 씨하고 배리나 씨, 둘만 아는 겁니다. 임태호 소장을 제외하면요."

남성 요원이 끼어들었다. 두 사람 모두 감정이 느껴지지 않는 건조한 말투였다.

"저희보다는 경비 직원들이 더 잘 알걸요. 앞의 두 분한테 들었을 텐데, 저희는 이론으로 배우기만 했지 직접 해본 적은 없어요."

여성 요원이 태블릿 모니터로 CCTV 화면을 보여줬다. 9월 10일 새벽 4시 22분. 그녀가 연구소 로비에 있는 영상이었다.

"여기가 바이오 샘플 센터 전력 차단장치 있는 데예요? 연구소 로비인 거 알잖아요. 이걸로 압박하려고? 국정원이 이것밖에 안 돼요? 동네 지구대도 이렇게는 안 할 거 같은데?"

두 요원은 미동도 하지 않은 채 그녀를 바라보았다. 여성 요원이 다시 입을 열었다.

"질병청 관리국 초대 국장 김인만. 누군지 알죠?"

리나의 얼굴이 순식간에 굳어졌다. 이 이름이 여기서 나온다는 건 좋지 않은 징조였다. 여성 요원은 태블릿 모니터를 손가락으로 밀어 화면을 바꾸었다. 뉴 포스트의 아시아판 신문 기사였다.

'2026년, 사망한 전 질병청 관리국장 김인만에 스파이 의혹이 있었다. 바이러스 정보 유출 의문. 그는 자신이 만든 바이러스에 당했나? 은정욱 기자.'

기자 이름을 확인한 리나는 숨이 멎는 것 같았다. 동공이 커진 그녀를 보던 두 요원이 눈빛을 주고받았다.

"오랜만에 아버지 이름을 본 소감이 어때요?"

여성 요원의 목소리에 리나는 겨우 고개를 들었다. 그녀의 질문이 이어졌다.

"배리나 씨, 정말 서랍의 샘플 안 가져갔어요?"

*

리나가 나가고 5분도 채 안 되어 스피커에서 남자 요원의 목소리가 들렸다.

"신재원 씨, 문 앞에 있는 요원을 따라오세요."

출입문의 창에는 아무도 비치지 않았다. 여태까지 매뉴얼처럼 진행되던 것과는 달랐다. 20분에서 길게는 1시간 가까이 기다렸는데 이번에는 그렇게 하지도 않았다. 왜 그런 건지 대강 예상이 됐다. 문이 열리고 아무도 보이지 않는 복도로 나가자, 남자 요원이 등을 보이며 먼저 걷기 시작했다. 한은 자신과 비슷한 키에 조금 더 살집이 있는 남자 요원의 등만 보며 길고 좁은 복도를 걸어갔다. 띄엄띄엄 천장에 달린 밝지도 어둡지도 않은 홀로그램 등이 사방이 콘크리트인 복도를 비추었다. 세 번이나 모퉁이를 꺾으며 도착한 곳 역시 모퉁이였다. 앞선 남자 요원은 모퉁이를 돌아 사라지기 전, 한에게 여기서 기다리라는 말만 남겼다. 냉랭한 색깔의 홀로그램 등 아래 혼자 남은 한은 자신의 모든 감각을 동원해 모퉁이 너머로 주의를 집중했다. 아주 멀리서 엘리베이터가 도착하고 문 열리는 소리가 들렸다. 한과 연구소 사람들이 타고 내려온 엘리베이터였다. 구둣발 소리가 점차 가까워졌다. 일정한 간격, 일정한 무게, 일정한 질량의 울림. 최소한의 움직임, 효율성이 높은 양복 차림이었다.

한이 아는 사람이었다.

"차장님."

한의 분석이 끝나자마자 구둣발 소리가 모퉁이 바로 앞에서 멈췄다.

"그 자리에서 들어."

혁진이 평소보다 더 차분한 목소리로 말했다.

"지금부터 배리나를 감시하는 임무가 추가된다. 전 질병청 관리국장 김인만의 기사를 낸 은정욱은 배리나가 중국에 있을 때 만나던 사람이야."

한의 양미간이 저절로 찌푸려졌다. 은정욱이 기사를 위해 배리나에게 접근했다는 말처럼 들렸다.

"배리나는 기사 때문에라도 은정욱을 만나려고 할 거야."

혁진이 한의 생각을 읽기라도 한 것처럼 말을 이어갔다.

"은정욱과의 접촉이 확실해지면 둘 다 데려와. 배리나가 은정욱한테 정보를 넘겼는지 확인해야 돼."

한의 머릿속이 빠르게 복잡한 이야기 퍼즐을 맞춰가기 시작했다.

"배리나가 김인만 사건을 알고 있다는 뜻입니까?"

혁진이 에둘러 말했다.

"선우가 기밀 파일에서 본 거 얘기했지? 그럼 대충 눈치챘을 텐데."

"배리나가 모레 일본 메델라에 가는 게 그것 때문일까요? 자기 아버지처럼?"

김인만이 인공 변이 바이러스 정보를 외국에 넘겼을 가능성은 50퍼센트. 한은 그렇게 생각하고 있었다.

"자네라면 어떨 거 같나? 자기 아버지가 스파이 의심을 받고 죽었는데."

리나는 진실 또는 사실이 알고 싶을 거다. 한은 바로 납득이 갔다.

"배리나 주위를 계속 따라붙으면 되는 겁니까?"

"방법은 자네가 더 잘 알지 않나? 하나도 빼놓지 말고 보고하도록 해."

혁진이 왔던 길을 되돌아가려고 구둣발의 방향을 뒤로 트는 소리가 들렸다.

"은정욱한테 다른 의심스러운 점도 있습니까?"

"우리도 그걸 알고 싶은 거야."

"혹시, 이런 걸 다 염두에 두고 배리나를 일부러 지목한 건가요?"

"우리가 하는 일에 목적 없이 끼어드는 게 있었나? 이거 자네 게임이야. 지지 마."

말을 마친 혁진의 구둣발 소리가 뚜벅뚜벅 멀어져갔다. 한은 별수 없이 걸어왔던 복도를 되돌아갔다. 마지막에 돌았던 모퉁이를 꺾자, 안내를 맡았던 요원이 여전히 등을 보인 채 서 있었다.

"오던 길로 다시 가서서 엘리베이터를 타고 나가시면 됩니다. 신재원 씨, 조사는 이걸로 끝입니다. 수고하셨습니다."

듬직한 요원의 등판이 먼저 한에게서 멀어졌다. 한 역시 돌아서서 그 자리를 떠났다. 발소리가 울리던 복도가 점차 고요해졌다.

*

리나는 머릿속이 진공상태처럼 멍했다. 왼쪽 귀 뒷부분부터 시작된 둔한 통증이 머리 전체로 퍼져갔다.

"배리나 씨, 묵비권을 행사하는 것보다 말하는 게 나아요."

리나는 여자 요원의 목소리가 멀게 느껴졌다. 리나가 아무말 없자 두 요원은 얼굴을 들이대고 그녀의 표정을 관찰했다. 리나는 가슴속에서 뭔가 치밀어 오르는 기분이 들었다. 여자 요원이 말을 이어갔다.

"배리나. 본명 김린. 한국 유치원에서는 김린이라고 불렀죠. 배리나는 일본 리쓰메이칸 소학교에……."

리나의 왼쪽 귀에서 날카로운 이명이 들렸다.

"어머니 성인 이씨가 아닌 외할머니 성을 따랐고……."

이명이 심해지자 리나는 저도 모르게 인상을 찌푸렸다.

"아주 잘 감췄어요, 집안 어른들이. 베이징대학원 박사학위를 취득하고 질병청 관리국에 들어올 때까지요. 이렇게 철저하게 숨긴 건 역시 미심쩍은 데가 있어서겠죠?"

어지러웠다. 속이 울렁거리고 기분은 불쾌해지기만 했다.

"배리나 씨, 평소에도 새로운 바이러스가 나오면 그렇게 집착했다면서요. 김인만 씨가 바이러스를 유출하려다 사고로 죽은 거, 그 증거 나올까 봐 그런 거잖아요."

울렁증이 한층 더 심해졌다. 리나는 책상 모서리를 잡고 힘들게 일어났다. 저도 모르게 몸이 왼쪽으로 휘청거렸다.

여자 요원이 명령조로 소리를 질렀다.

"가만있어요!"

남자 요원은 허리 권총집에 손을 가져갔다. 자칫하면 쏘는 것도 마다하지 않겠다는 표정이었다. 지금 리나에게는 그들의 위협 따위는 겁나지 않았다. 그저 가슴이 콱 막힌 것 같아 점점 기분이 나빠졌다.

"가만있으라고 했잖아!"

여자 요원이 인상을 쓰며 리나에게 얼굴을 들이댔다. 순간 리나가 갑자기 팔을 뻗어 그녀의 얼굴을 철썩 때렸다. 뺨과 손바닥이 마찰하는 음에 리나의 막혔던 귀가 확 뚫렸다. 난데없이 얻어맞은 여자 요원이 리나의 팔을 잡으려 했지만 리나가 빨랐다. 리나는 바로 그녀의 멱살을 잡아 벽으로 밀어붙였다. 남자 요원이 재빨리 총을 꺼내 리나를 향해 겨눴다. 리나가 팔뚝으로 여자 요원의 목을 꽉 눌렀다. 여자 요원은 자기 힘으로 리나를 물리치지 못하자 꽤 당황한 눈치였다.

"당장 떨어져!"

남자 요원이 소리쳤지만, 리나는 여자 요원의 멱살을 잡고 더 벽으로 밀었다.

"조사를 하려면 똑바로 해. 나는 어릴 때 한국에 있지도 않았어."

"우리 조사는 틀림없……."

여자 요원이 말을 채 끝내기도 전에 리나가 두 손에 더 힘을 줬다. 여자 요원은 숨이 막히는지 얼굴이 빨개져 말을 잇지 못했다.

"너네들, 내가 연구소밖에 모르는 너드라고 우스워 보여? 아버지 자료 갖다 들이대면 겁먹을 줄 알았어? 그리고 내가 서울에서 안 살았다는데 왜 니들이 맞다는 거야. 니들이 그때 나 봤어?"

리나의 떨리는 음성이 더 커지자 남자 요원은 다시 총을 넣고 두 손을 펴 보였다.

"알았어요. 진정해요. 우리가 잘못 안 거 같아요. 그렇지?"

남자 요원이 여자 요원을 향해 말하자, 여자 요원이 힘들게 고개를 끄덕였다.

"그러니까 놓고 얘기해요. 안 그러면 저희 진짜 발포할 겁니다, 네?"

남자 요원이 어르고 달래자, 리나는 그제야 손에 힘을 풀고 뒤로 물러났다. 순식간에 뒤에서 남자 요원이 리나의 상체를 책상 위로 누른 채 리나의 두 손에 수갑을 채웠다. 잠시 방심한 틈에 당한 리나는 혀를 찼다.

"일을 이렇게 만든 건 배리나 씨예요. 저희랑 같이 본부에 가야겠습니다."

그사이 여자 요원은 몸을 추스르고 태블릿을 챙겼다. 리나는 어쩔 수 없이 남자 요원에게 붙들려 복도로 나왔다. 끝도 없을 것 같은 복도를 걸어가며 여자 요원이 물었다.

"9월 10일 새벽 4시 22분, 로비에서 나간 후 배리나 씨 어디 갔어요?"

여자 요원은 잘 나오지 않는 목소리를 애써 크게 내며 리나에게 말했다.

"집에 안 간 거 다 알아요. 로비에서 나가 주차장에서 스카이 카를 탄 후의 행적이 묘연해요. 집에 돌아간 건 그날 오후

6시 30분 연구소 퇴근 후고요. 어디서 뭘 했는지, 그걸 저희도 모를 정도면……."

"제 스카이 카가 라이트39B인 건 알고서 하는 얘기죠? 그 거 차체 결함으로 GPS도 안 잡히고 행적 안 나올 때도 있다고 뉴스에 꽤 많이 나왔는데, 국정원이라며 그런 것도 모르나?"

"일부러 그런 차를 선택한 건 아니고요?"

리나는 헛웃음을 터뜨렸다.

"그쪽은 이딴 허접한 조사를 하려고 나를 수갑까지 채워 데 려가는 거예요?"

"수갑은 당신이 먼저 물리력을 사용했으니까 채운 겁니다. 그리고 그쪽 아니고 요원입니다."

"나도 당신이 아니고 배리나 연구사야. 그리고 김인만 씨라 고 할 게 아니라, 고 김인만 전 질병청 관리국장이라고 해야하 지 않겠어?"

리나의 목소리가 다시 커지자 여자 요원이 움찔했다. 리나 는 더 이상 말하지 않았고, 셋은 복도 마지막 모퉁이를 돌아 끝에 있는 엘리베이터를 타고 지하 1층에서 내렸다. 30평쯤 되는 빈 공간을 지나 철문을 열자 사방이 시멘트로 된 휑한 공 간이 나왔다. 셋이 지하 1층의 엘리베이터를 타고 지상 1층으 로 올라와 황폐한 건물을 나설 무렵, 여자 요원의 국정원 시계가 진동했다. 여자 요원이 잠깐 자리를 벗어나 귓불 뒤에 붙인 이어폰을 건드려 전화를 받았다. 놀란 눈으로 리나를 돌아본 여자 요원은 통화가 끝날 때까지 그녀에게서 시선을 떼지 못했다. 몇 마디 항의를 하던 여자 요원은 체념한 표정으로 귓불을 건드려 전화를 끊고는 씩씩대며 리나 쪽으로 왔다.

"배리나 씨, 돌아가세요. 더 이상 조사는 없습니다."

그 말에 당황한 건 리나가 아닌 남자 요원이었다.

"보낸다고? 잠깐 이리 와봐."

남자 요원이 여자 요원과 함께 엘리베이터 쪽으로 가며 실랑이를 벌였다. "위에서 그러라는데 그럼 뭐라고 해!"라는 여자 요원의 말에 남자 요원이 어이없어했다. 리나는 남자 요원 앞으로 걸어가 수갑을 채운 손을 내밀었다. 남자 요원이 어쩔 수 없이 수갑을 풀어주자 리나는 뒤도 안 돌아보고 바로 건물을 나왔다. 두 사람이 문 앞까지 성큼 걸어와 그녀가 스카이 카에 올라타는 걸 지켜보았다. 리나는 무심히 두 사람을 내려다보았다. 스카이 카가 서서히 떠올라 건물 마당을 떠났다.

위기

　연구소를 등진 산 중턱 공중에 한의 지공양용차가 조용히 떠 있었다. 리나를 기다리는 중이었다. 메인보드 위로 선우의 홀로그램이 떠 있었다. 선우가 막 배리나가 김인만의 딸이라고 보고하는 중이었다.

　"본명은 김린. 어머니 이름은 이은경인데, 외할머니 성을 따서 배리나라고 개명했어요."

　"김린이 원래 이름이구나."

　예상했던 대로 리나가 김인만의 딸이었다. 회사에서는 배리나가 중국에서 서둘러 온 것도 수상하게 생각하는 것 같았다. 그녀가 은정욱과 한패거나 이용당했다고 보는 게 틀림없었다.

"배리나가 은정욱한테 김인만 자료를 줬다는 건 이상하지 않아요? 자기 아버지 의혹을 더 부풀리는 건데요."

"둘 다 잡아들이면 알게 되겠지."

"혹시 배리나가 아버지 의혹을 풀어달라고 자료를 넘긴 건데 저런 기사를 쓴 거면, 완전 이용한 거네요?"

"왜 이렇게 관심이 많아. 은정욱 조사나 해봐."

한이 연구소 주차장에 시선을 둔 채 무심하게 대답했다.

"우리끼리 얘기는 할 수 있잖아요."

쎄이의 은빛 소용돌이가 빨라지더니 목소리를 냈다.

"배리나를 태운 차가 도착했어요. 이제 수다 그만 떨고 미행할 준비나 하세요."

"들었지? 난 움직인다. 열심히 찾아."

한은 선우와의 통화를 끊고 시동 버튼을 눌렀다. 소음 제거 모드를 누른 차는 고요한 밤하늘을 미끄러지듯이 부드럽게 움직였다. 저만치 아래에서 미니어처 같은 리나가 스카이 카에 올라타는 게 보였다. 리나의 스카이 카가 동작구 방향으로 가는 걸 확인한 한이 조심스레 따라붙었다. 그녀의 스카이 카는 중간 경로를 따라가다가 갑자기 위쪽 경로로 올라갔다. 한이 따라 올라가자 다시 맨 아래 경로로 내려갔다. 그 바람에 중간 경로를 지나가던 차와 부딪칠 뻔했지만 아슬아슬하게 피해 갔다. 한은 주먹으로 핸들을 가볍게 때렸다. 여기서 리나를 놓치면 안 됐다. 지상으로 내려가는 것도 생각했지만 아래 공중 경로에 차가 많아 시간만 잡아먹을 게 뻔했다. 맨 위 경로에서 리나의 스카이 카를 따라갈 수밖에 없었다.

"세이, 배리나 위치 추적 잘하고 있지?"

"네, 계속 맨 아래 경로로 가고 있어요."

한은 손목시계 크라운을 돌려 검은 액정 화면으로 바꿨다. 신체 부위를 표시한 아이콘들이 나왔다. 한이 눈 모양의 아이콘을 클릭했다. 그러자 한의 콘택트렌즈에 푸른빛이 들어오더니 화면에 조절 모드가 나타났다. 한이 조절 모드 버튼을 두 번 터치하자 콘택트렌즈 가장자리에 노란색 원이 생기며 시야를 두 배 당겨왔다. 그러자 공중 맨 아래 경로에서 한참 앞서가고 있는 리나의 스카이 카가 중간 경로의 스카이 카 사이로 보였다. 한은 그대로 일정한 속도를 유지하며 따라갔다. 그러다가 대학병원이 있는 지점에서 여러 곳에서 들어온 스카이 카들이 줄줄이 중간 경로를 타기 시작했다. 스카이 카들이 연이어 맨 아래 경로의 시야를 가렸다. 줌을 당긴다고 해서 리나를 찾을 수 있는 상황이 아니었다. 한은 저도 모르게 혀를 찼다. 잘못하면 리나를 놓칠 수도 있었다.

"세이, 배리나 집 주소 알지? 지금 집으로 가고 있는 게 맞는지 확인해."

"잠깐, 다른 방향으로 가다가 다시 집으로 가는 거 같아요. 수이로 스퀘어타운이 있는 공중 경로로 갔어요."

"배리나 집 주소 입력해. 거기로 바로 간다."

"수이로 스퀘어타운 2차 102동 703호."

세이 목소리에 핸들이 오른쪽으로 살짝 돌아갔다. 차는 자율주행으로 스카이 카의 맨 위 경로를 시원하게 달렸다. 메인 보드에 붉은빛이 들어오더니 선우의 홀로그램이 위로 떠올랐다. 순간, 그의 눈이 예리하게 빛났다.

"지금 은정욱 핸드폰이 기지국에 잡혔어요. 근데 위치가 배리나 집이에요!"

예상보다 둘의 접촉이 빨랐다.

한이 다급하게 말했다.

"세이, 속도 내. 오늘 밤 안으로 둘 다 잡는다."

*

스카이 카에 올라탄 리나의 기분은 말 그대로 최악이었다. 당장 정욱을 만나지 않고는 견디지 못할 것 같았다. 그녀는 차를 출발시키며 거의 6개월 만에 정욱의 번호를 찾아 음성문자를 보냈다. 초조했다. 그가 한국에, 그것도 그녀와 지척에 있기를 바랐다.

"나 누군지 알지? 배리나. 지금 어디 있어? 사실대로 말해."

리나의 음성이 메인보드에서 문자로 변환되더니 "전송"하고 짧은 음성 알림이 들렸다. 10초쯤 지나서 다시 "메시지"라는 음성 알림이 왔다. 정욱이었다.

"오랜만이라고 인사하기 좀 그러네. 기사 때문이지? 만나자. 나 서울이야."

리나는 열이 확 올라 자기도 모르게 액셀을 세게 밟았다. 앞차에 거의 부딪힐 뻔할 때 터보 버튼으로 공중 경로를 위로 바꿨다. 그녀는 숨을 고르며 다시 음성문자 버튼을 눌렀다.

"서울 어디? 주소 보내. 바로 갈 거야."

다시 AI가 문자로 변환하여 "전송"이라고 알렸다. 이번에도 금세 답이 왔다.

"내가 너희 집으로 갈게. 주소 보내줘. 이따 보자."

AI가 감정 없이 읽어주는데도 정욱 특유의 차분함이 느껴져 약이 올랐다.

"이게 진짜!"

버럭 소리를 지르던 리나가 입을 닫았다. 이런다고 해결될

일이 아니었다. 화를 내도 장본인 앞에서 내야 했다. 그녀는 사그라지지 않는 화를 품고서 주소를 말했다. 맨 위 공중 경로에서 중간 경로로 내려오던 리나는 전기 배터리의 충전이 얼마 남지 않은 걸 보고 제일 아래 경로로 내려와 속도를 줄였다. 마음 같아서는 있는 대로 속도를 내서 가고 싶었지만 어쩔 수 없었다.

아파트 현관문을 열고 집에 들어오자 거실 한가운데의 오렌지색 전등이 켜졌다. 책상 위의 검은 화면에 차가운 하얀빛이 들어오더니, 곧 책상 위로 홀로그램 스크린이 떴다.

1.5룸인 리나의 집은 그녀의 사무실과 달리 고무나무 원목으로 된 책장과 책상, 그리고 회색 소파를 놓아 차분한 느낌이었다. 부엌과 욕실 및 화장실, 침실 역시 회색과 원목으로 통일했다. 사무실에 있던 피규어들은 찾아볼 수 없었다. 책과 자료로 벽 양옆을 채운 책장이 전부였다.

리나는 맞은편 벽의 홀로그램 시계를 확인했다. 11시 34분. 옷도 갈아입지 않은 채 서서 정욱이 오기를 기다렸다. 정욱이 쓴 기사의 헤드라인이 떠올랐다. 생각하고 싶지 않아도 자꾸 생각났다. 어금니를 악물고 현관을 노려보고 있자니 현관 벨이 울렸다. 입구 옆의 모니터로 정욱의 얼굴이 보였다. 리모컨으로 문을 열자 정욱이 담담하게 들어왔다. 리나는 주먹을 꽉 쥐고서 그를 쏘아봤다. 정욱이 난감한 표정을 지으며 말했다.

"난 위에서 시키는 대로 했을 뿐이야. 너한테 바이러스 지식 좀 얻으려고 만난 건 맞는데…… 너네 회사 이야기 썼다고 해도 너랑은 상관없는 일이잖아."

리나는 정욱에게 자신이 김인만의 딸이라고 말한 적은 없었다. 질병청 관리국 초대 국장이 죽은 게 미스터리라는 말은 했지만 다른 이야기는 하지 않았다. 지금 이렇게 태평하게 구는 것만 봐도 그는 리나가 김인만의 딸인 줄 모르고 쓴 것 같았다.

'세상에 우연히 일어나는 일은 별로 없어.'

어릴 적 리나가 인만에게 자주 들었던 말이다. 아버지인 인만과의 기억이 그리 많지 않았지만 이 말만은 똑똑히 기억하고 있었다. 그런데 하필 그가 리나와 만났고, 리나에게 호감을 표했고, 리나에게 질병청 관리국과 바이러스 연구소 이야기를 들었다. 그리고 하필 그가 자신의 아버지가 스파이일지도 모른다는 기사를 썼다.

'이게 다 우연이라고?'

리나가 정욱에게서 눈을 떼지 않자 그는 난감한 듯 허탈하게 웃으며 어깨를 으쓱해 보였다.

"차근차근 이야기해도 되지?"

그는 잔기침을 했다. 멈추려고 해도 잘 안되는지 오른 소매로 입을 가리고 기침을 해댔다.

정욱이 코를 찡긋하며 애원하듯 말했다.

"나 차 한잔 줄래? 그 정도는 해달라고 할 수 있잖아."

"너랑 차 마실 기분 아니야."

"좀 봐주라. 나 너 반년 만에 만나서 이런 분위기인 거, 진짜 속상해."

그의 검은 눈망울은 누구한테도 해를 끼칠 줄 모를 것만 같았다. 리나는 별수 없이 부엌으로 들어섰다. 전기포트에 물을 넣고 버튼을 누르던 리나는 순간 깨달았다.

'공동 현관을 어떻게 들어왔지. 어떻게 소리도 없이 집 앞에 와 있었지.'

조용히 돌아서서 거실을 보니 어느새 정욱이 리나의 책상 앞에서 노트북을 들여다보고 있었다. 노트북에는 낯선 USB 가 꽂혀 있었고, 파일이 업로드되는 중이었다.

"지금 뭐 하는……."

리나의 말이 끝나기도 전에 정욱이 그녀를 향해 나이프를 던졌다. 리나가 반사적으로 피하며 옆으로 쓰러졌다. 나이프가 그녀 어깨를 스치고 싱크대 위 찬장에 꽂혔다. 놀란 리나가 몸을 추스르기도 전에 정욱이 뒤에서 밧줄로 그녀의 목을 졸랐다. 리나가 아무리 용을 써도 말이 나오지 않았다. 숨이 막

히면서 공포가 엄습해왔다. 그의 손등을 있는 힘껏 꼬집고 긁어댔지만 소용없었다.

"총 한 방으로 끝내면 편한데, 네가 네 바이러스를 외국에 넘긴 후 목매달고 자살해야 된다잖아, 네 아빠처럼."

정욱의 목소리는 차 한잔 달라고 할 때처럼 상냥했다. 리나는 더 이상 저항할 힘이 없었다.

'이렇게 죽는 건가?'

그때 현관에서 쾅, 소리가 나더니 누군가 달려들어 리나에게서 정욱을 떼어냈다. 리나는 벽에 몸을 기대고 앉았다. 쉴 새 없이 기침이 나왔다. 한이 정욱의 턱 바로 밑을 잡고서 조르는 모습이 보였다.

*

한이 처음부터 리나의 위험을 감지했던 것은 아니었다. 차를 리나의 아파트 주차장에서 두 블록 떨어진 곳에 세워두고 일단 감시하려는 생각이었다. 이상 징후를 느낀 건 선우였다.

"요원님, 스퀘어타운 2차 일대 CCTV가 먹통이에요. 건너편 제일 가까운 CCTV에서 잡히는 영상하고 2차에서 전송되는 영상도 다르고요."

선우가 말하는 도중 세 번이나 홀로그램 화면이 깨졌다가 연결됐다. 한은 다시 시계의 크라운을 돌려서 '눈' 이모티콘을 누른 후 두 배로 줌인 했다. 그때 리나의 스카이 카에 다가오는 남자가 있었다. 한이 시계 액정에서 '확대'를 눌렀다. 리나의 스카이 카 안을 들여다보는 남자의 얼굴을 특정한 후 전송하자 곧 선우가 홀로그램에 남자의 여권 사진과 신상 정보를 띄웠다.

'은정욱. 31세. 일본 고쿠세 대학 졸업. 화학, 미생물학 복수 전공. 뉴 포스트 아시아판 사회부 기자.'

한이 빠르게 눈으로 훑는데 선우가 붉은색 글자로 된 정보를 추가했다.

"이게 진짜예요, 요원님."

'본명 황민. 일본 이름 고 하야시. 중국 이름 후앙 민. 중국 칭다오 출생. 고쿠세대학 화학, 미생물학 복수 전공 맞음. 일본 도쿄 신조합 3파 후계자.'

정보를 확인한 한이 시선을 정욱에게 돌렸을 때, 그가 주머니에 나이프를 넣으며 아파트 현관을 들어섰다. 그는 핸드폰을 꺼내 홍채 인식기에 갖다 대고 공동 현관문을 통과했다. 한의 등골이 쭈뼛 섰다.

"배리나의 홍채 정보를 갖고 있어!"

한은 차에서 용수철처럼 튀어 나갔다. 아파트로 뛰어가며 귓불에 부착된 무선 핸드폰으로 선우에게 말했다.

"선우, 공동 현관문 좀 열어! 102동 703호 현관문도!"

스퀘어타운까지 1.5킬로를 한은 미친 듯이 달려갔다. 선우가 스퀘어타운 보안 프로그램에 들어가 공동 현관문을 여는 순간, 한은 전광석화처럼 안으로 뛰어 들어갔다. 엘리베이터가 마침 1층에 서 있었다. 7층까지 올라가면서 제발 아무 일도 없기를 바랐다.

'죽지만 마라, 제발.'

7층에 도착할 즈음 선우의 목소리가 들렸다.

"703호 현관문 열었어요. 5초면 닫혀요. 오른쪽이에요!"

엘리베이터에서 내리자마자 그는 오른쪽으로 냅다 달리며 속으로 숫자를 셌다.

'5, 4, 3, 2, 1!'

코너에 있는 703호 현관문을 잡은 한은 반동으로 튕기듯이 안으로 들어갔다. 정욱이 리나의 목을 조르고 있었다. 이것저것 따질 새가 없었다. 한은 정욱에게 달려들어 그를 머리 뒤로 넘겨 내동댕이쳤다. 정욱은 기습 공격에 놀라면서도 바로 일어나 한에게 달려들었다. 하지만 한이 더 빨랐다. 한은 그의 팔을 쳐낸 후, 바로 다른쪽 팔을 넘겨 바닥에 쓰러뜨렸다.

"제기랄!"

일본어로 욕설을 내뱉으며 일어나려는 정욱의 턱 밑을 잡고 다른 팔로 꽉 조였다. 그때 리나가 정신을 차리고 이쪽을 바라보았다. 정욱은 시뻘게진 얼굴로 발버둥을 치더니 바지 주머니에서 검은 공 같은 걸 꺼내 바닥으로 집어던졌다. 검은 물체가 묵직한 울림을 내며 도르르 굴러갔다.

"위험해!"

한이 정욱을 내팽개치고 리나의 몸을 잡아 끌어안으며 현관 바깥으로 뛰쳐나갔다. 뒤에서 펑, 터지는 소리와 함께 연기가 자욱하게 깔렸다. 앞이 보이지 않았다. 한이 리나의 팔을 끌고서 복도 반대편에 있는 비상계단까지 뛰어갔다. 자욱한 연기 속에서 누군가 따라오는 모습이 보였다. 한은 급하게 귓불의 이어폰을 누르고 말했다.

"선우, 차 가져와!"

"저 지금 102동 옥상에 있어요! 올라오세요!"

한은 리나를 앞세워 필사적으로 밀며 계단을 올라갔다. 뒤에서 텅, 하고 비상계단 출입문이 열리는 소리가 났다. 둘은 움직임을 멈추고 숨을 죽였다. 잠시 후 아래로 내려가는 발소리가 들렸다. 발소리가 점점 멀어지는 걸 확인한 한과 리나는 옥상을 향해 다시 뛰기 시작했다.

*

리나를 차에 태운 한은 선우에게 원격운전을 부탁한 후 다시 계단을 내려갔다.

'이번엔 잡는다. 무조건 이긴다.'

한에게 총질을 하고 손을 흔들며 도망갔던 자가 은정욱이다. 한의 직감이 그렇게 말하고 있었다. 발소리와 숨소리를 죽인 채 신중하게 계단을 내려가며 귀를 기울였다. 아래쪽에서 발소리와 함께 일본어가 들렸다.

"제기랄, 제기랄!"

부드러운 저음인데도 분노가 느껴졌다. 발소리가 점차 가까워지고 있었다. 한은 7층 바로 위 계단까지 내려와 정욱이 올라오기를 기다렸다. 발소리가 더 가까워졌다. 한은 슬쩍 계단 밑을 내려다봤다. 5층 중간 계단에서 6층으로 올라오는 정욱의 실루엣이 보였다. 한은 벽에 바짝 몸을 붙였다. 숨을 멈추고 정욱이 올 때를 기다리며 한 걸음씩 계단을 내려가고 있었다. 갑자기 눈에 통증이 느껴졌다. 리나의 집에서 터진 최루탄의 여파가 자꾸 올라왔다. 다시 눈이 쿡쿡 쑤셨다.

"헉!"

저도 모르게 호흡이 흐트러졌다. 계단을 오르던 발소리가 멈췄다. 한은 입을 꽉 다물고 숨을 참았다. 사방이 조용했다.

'그가 노리고 있다.'

한은 이런 상황을 너무 잘 알고 있었다. 고요함 속의 팽팽한 긴장감. 이윽고 공기를 가르고 총알이 빠르게 날아오는 듯한 느낌이 들었다. 한은 부드럽게 몸을 틀어 날아오는 33밀리미터의 총알을 피했다. 총알은 조용히 한이 기대고 섰던 벽에 박혔다.

"이 무식한 놈이 44 매그넘을 휘둘러?"

한은 따가운 눈을 아예 감은 채 감각에 의지해 계단 밑으로 몸을 던졌다. 한이 정확히 정욱의 위로 떨어졌다. 그 바람에 정욱이 총을 떨어뜨렸다. 총이 계단 사이로 떨어졌다. 한은 오른쪽 허벅지에 통증을 느꼈다. 얼굴이 저절로 찡그려졌다. 정욱의 오른 다리에 뼈가 부딪힌 것이다. 정욱의 다리는 금속으로 된 기계 다리였다. 정욱이 기계 다리로 한의 왼발을 밟은 후 무자비하게 차버렸다. 묵직한 통증이 느껴졌다. 한은 재빨리 오른발에 힘을 실어 겨우 균형을 잡은 후, 정욱의 몸통을 힘껏 차서 받은 대로 돌려줬다. 정욱이 뒤로 밀려났다. 한은 얼른 자세를 재정비하고 다시 정욱의 몸통을 벽으로 밀어붙였다. 그러자 정욱이 오른 무릎으로 한의 아랫도리를 찍으려 했다. 간발의 차로 기계 무릎을 피한 한은 정욱의 앞섶을 잡아서 들어 올리며 누웠다. 정욱이 기계 다리를 장착했다는 걸 알고 나니 괜히 무겁게 느껴졌다. 한은 이를 악물고 오른발로 정욱의 배를 걷어차며 정욱을 뒤로 넘겨버렸다. 정욱이 요란한 소리를 내며 계단 아래로 떨어졌다. 충격을 받은 정욱이 나동그라진 채 꿈쩍도 하지 않았다.

'반드시 잡는다. 그리고 무조건 이긴다.'

한이 내려가려는 순간, 정욱이 눈을 번쩍 뜨더니 주머니에서 작고 검은 공을 꺼내 핀을 뽑아 한을 향해 던졌다.

"최루탄!"

한은 반사적으로 양팔을 들어 얼굴을 보호했다. 한의 앞에서 최루탄이 터지며 연기와 가스를 내뿜었다. 한이 눈물을 흘리며 연기 속을 헤치고 뛰어 내려갔다. 정욱은 이미 그 자리에 없었다. 연기 속에서 계단을 뛰어 내려가는 발소리가 들렸다. 한은 이를 악물고 뛰어 내려갔다. 하지만 연기를 들이마신 한의 몸이 견디지를 못했다. 결국 한은 꺼져가는 정신을 붙잡고 그곳을 벗어났다.

모함

2050년 9월 14일 대한민국 서울

겨우 정신을 차린 한이 선우를 호출했을 때는 리나가 한의 지공양용차를 운전해 아파트 1층에서 기다리고 있었다. 한은 리나를 조수석으로 보내고 자신이 운전석에 앉아 아지트인 평탄 한의원으로 향했다. 리나는 말없이 운전만 하는 한을 힐끗 보았다. 연구소에서 처음 만났을 때 싱글거리던 모습은 흔적도 없이 사라져 있었다. 한의 옆모습은 날카롭게 날이 서 있었다. 말을 붙일 수 없는 차가운 분노가 그를 감싸고 있었다. 평탄 한의원에 도착하기 전까지 한은 두어 번 핸들을 주먹으로 내리쳤다. 말은 한마디도 하지 않았다. 리나도 아무 말도 하지 않았다.

평탄 한의원 화장실을 통해 아지트로 들어서자 선우가 한에게 괜찮냐며 자리에서 일어났다. 리나는 그곳의 장비를 둘러보고 놀랐지만 티를 내지 않으려 애썼다. 눈앞에 거의 사람과 흡사한 안드로이드는 반팔과 반바지 차림에 티타늄으로 된 팔다리를 드러내고 있었다. 반팔 안쪽에서는 초록빛 불이 깜빡였다. 인공피부로 덮지 않은 걸 보면 밖으로 나갈 일이 없는 안드로이드인 것 같았다.

한이 말 없이 자리에 털썩 앉자 선우는 입을 다물고 그를 살피기만 했다. 안드로이드가 감정을 살핀다니. 리나는 분명 아직 상용화되지 않은 모델임이 틀림없다고 생각했다.

한이 혼잣말처럼 중얼거렸다.

"이길 수 있었는데. 비겁하게 최루탄을……."

리나도 선우도 아무런 말을 하지 않았다. 한이 몇 번이고 깊게 숨을 들이쉬더니 혀를 차며 자리에서 일어났다.

"샤워만 하고 올 거니까 차장님한테 연락해."

선우가 바로 자신의 무릎 위의 작은 노트북 키보드를 두드렸다. 리나가 급하게 선우의 기계 팔을 잡았다. 선우가 인공 눈동자를 굴리며 그녀를 쳐다보았다.

"잠깐만. 그 전에 하나만 확인하게 해줘요."

"지금 본인이 뭘 요구할 수 있는 상황인 줄 알면 그건 착각이에요."

한의 목소리가 날카로웠다. 리나는 주눅 들지 않고 한의 앞에 섰다.

"이건 나한테 벌어진 일이에요. 은정욱이 내 하드에 업로드한 게 뭔지 알아야 돼요. 그 편이 댁들한테도 좋지 않겠어요? 대답해 봐요!"

한은 리나의 말에 반박을 못 하고 양미간만 찡긋거렸다. 받아칠 말을 못 찾는 것 같았다.

"제 하드 확인만 해주면 돼요. 내가 안 할게요. 여기 잘생긴 안드로이드 씨가 하면 되잖아요."

'잘생긴'이라는 말에 선우가 눈이 동그래지더니 입가에 미소를 지었다. 한이 선우를 노려보았다.

"그럼 그것까지만 확인하고 움직이지. 선우, 얼른 확인해봐."

리나는 선우에게 자신의 하드가 있는 사이트와 비밀번호를 알려줬다.

"이거 업로드되다 중단된 거 같은데……. 45퍼센트에서 멈춰 있어요. 음…….."

"뭔데 그래?"

한이 짜증스럽게 말하자 선우가 리나의 눈치를 보며 말을 이었다.

"V2026 자료예요."

리나는 숨이 멎는 것 같았다. 리나가 선우의 노트북을 빼앗아 내용을 확인했다.

'V2026 개요' 'V2026 인공 변이 바이러스 실험 상황' 'V2026 생물무기 효과' 등의 파일들이 올라와 있었다. 작성자는 김인만이었다.

"이게 다 뭐야?"

한이 심드렁하게 말했다.

"당신이 서랍에서 V2026 샘플을 빼돌렸다는 거네."

리나가 매섭게 쏘아보았다.

"그렇게 보이게 만들었다고요."

리나는 이가 절로 갈렸다. 은정욱은 처음부터 리나한테 아무 감정이 없었던 거다. 리나는 자신이 철저히 이용당했다는 사실보다, 자신이 그걸 전혀 눈치채지 못했다는 것에 더 화가 났다.

한이 리나의 마음을 읽기라도 한 듯 말했다.

"작정하고 속이려는 사람을 어떻게 알아보겠어요. 웬만해선 아무도 몰라요."

"웬만하면 안 돼요, 나는."

리나는 철저하게 자신을 감추었다고 생각했다. 엄마 이은

경의 성도 아니고 외할머니의 성을 썼으니까. 국정원 블랙 요원이 아닌 이상 자신이 김인만의 딸이라는 걸 알 사람은 없을 거라고 믿었다. 방심했다. 세상의 보통 사람들을 감쪽같이 속이고 있다는 자만심에 자신에게 스며든 거짓을 알아보지 못했다. 분하고 수치스러웠다. 저도 모르게 입술을 깨물고 있는데, 한이 넌지시 물었다.

"은정욱이 일본 신조합 3파 후계자인 것도 몰랐겠네요."

리나는 은정욱에 대해 어떤 말을 들어도 놀랍지 않았다. 자신이 속았다는 사실보다 더 큰 충격도 없었다.

"근데 저 사람, 어디서 V2026 정보를 얻었을까요? 배리나 씨가 아니라면."

한의 말에 리나는 기억을 더듬었다. 은정욱이 정보를 얻을 만한 곳. 퍼뜩 머리를 스치고 지나는 게 있었다.

"미생물 전공하면서 알게 된 사람이 있다고 했어요. 메델라 CEO 아들이요."

"배리나 씨가 아니라면요?"

"저한테서 알게 된 정보를 뭐 하러 제 하드에 올려요? 생각 좀 하고 말해요!"

"감춰놓은 걸 까발리는 걸 수도 있고요."

리나는 그제야 깨달았다. 한이 바로 자신을 구하러 온 건 감

시하고 있었기 때문이라는 것을. 국정원은 리나를 의심하고
있었다.

"후……."

리나는 길게 숨을 내쉬고 최대한 침착하게 말했다.

"연구소에 다녀오게 해주세요. 거기에 내가 결백하다는 증
거가 있어요."

*

선우가 리나의 하드에 올라온 자료를 다운받은 후 리나의
하드를 모조리 삭제했다. 한은 리나를 데리고 연구소로 향했
다. 연구소에 도착할 무렵 유상이 리나에게 긴급 연락을 했다.

"스피커폰으로 하세요."

한이 오른손으로 리나에게 핸드폰을 꺼내놓으라고 수신호
를 보냈다. 한이 까칠하게 한마디 할 줄 알았던 리나는 순순히
핸드폰을 대시보드 위에 올려놓고 음성 모드 버튼을 눌렀다.
유상의 목소리가 들렸다.

"연구사님, 어디세요? 저희 다 대기하라는 연락 못 받으셨
어요? 전라남도에서 변형 엔하임 감염 의심 환자가 집단발생
했어요."

"나도 있어도 되는 건가?"

"무슨 말이세요? 팀장님은 연구사님 안 나왔다고 뭐라고 하시는데요?"

한이 마이크 기능을 차단하며 말했다.

"선우가 자료를 지웠지만 누군가 이미 봤을지도 몰라요. 팀장이 못 봤을 거 같아요?"

"팀장님이라면 보고도 못 본 척할 수 있어요. 저런 식으로 유인하고도 남을 사람이에요."

"그럼 팀장 눈에는 띄면 안 되겠네요."

한이 다시 마이크 기능을 켰다. 리나가 유상에게 답했다.

"그냥 해본 말이야. 조금 있으면 도착해."

"뭐예요, 연구사님. 싱겁게……. 얼른 오세요."

유상과 통화를 끊었는데 핸드폰에서는 붉은 알림이 계속 떠 있었다. 리나가 심각하게 한을 돌아봤다.

"내 사무실에 누가 들어왔다는 뜻이에요. 확인해도 되죠?"

자기 사무실까지 감시해야 하다니, 연구사가 이렇게 피곤한 직업이었나, 생각하며 한은 살짝 고개를 끄덕였다. 리나가 핸드폰을 들어 카메라 앱을 터치했다. 화면 속에서는 상은이 리나의 사무실 책상에 앉아 모니터를 보고 있었다. 3초 정도 한과 눈을 맞춘 리나가 입을 열었다.

"연구소 뒤쪽으로 가세요. 지금 잡아야 돼요."

한은 리나의 말대로 연구소 건물 뒤쪽으로 접근했다. 산으로 올라가는 길목 바로 앞에 좁은 공터가 있었다. 리나는 차에서 내리자마자 연구소의 외부 비상계단을 내려갔다. 한이 리나의 뒤를 급하게 따라갔다. 지하 1층의 철문 비밀번호를 누르고 들어가자 바로 엘리베이터가 있었다. 한은 리나를 따라 엘리베이터를 타고 지하 4층으로 내려갔다. 엘리베이터에서 내리자 수많은 파이프가 있는 공간이 나왔다. 리나가 앞장서서 파이프와 배수관이 있는 곳을 거쳐 '출입 금지'가 붙은 철문을 열고 나왔다. 다시 엘리베이터가 나왔다. 지상에서 내려오는 엘리베이터였다. 엘리베이터에 올라타 4층을 누른 리나가 한에게 말했다.

"내 사무실 앞에 서 있어요, 무조건."

"뭐요?"

엘리베이터에서 내리자마자 리나는 복도를 뛰어 사무실 도어록에 손목 혈관을 스캔한 후 벌컥 문을 열고 들어갔다. 책상에서 막 일어난 상은이 하얗게 질려서 리나를 보고 있었다. 귀신이라도 본 표정이었다.

"어라, 연구소 들어온 기록이 없는데……."

"그래, 내가 너 그런 거 다 체크할 줄 알았어."

그때, 상은이 책상을 훌쩍 넘어 리나를 밀치고 사무실 밖으로 뛰어나갔다. 그러나 곧 "으악!" 하는 비명을 내지르더니 뒷걸음질을 쳤다. 한이 상은의 앞을 막아서고 있었다. 두 사람 사이에 낀 상은의 눈동자가 허공을 헤맸다. 상은의 얼굴은 토마토처럼 빨개져서 금방이라도 터질 것 같았다. 화면을 보니 리나의 랩톱 자료를 어디론가 전송하는 중이었다.

"누구야, 이런 일 시킨 게."

리나의 말에 상은은 시선을 땅에 둔 채 거친 숨만 내쉬었다.

"그 배짱으로 혼자 이런 일 했겠어? 얼른 말해."

팔짱을 끼고 바짝 다가서는 리나의 압박에 상은은 눈을 질끈 감았다.

*

리나가 상은을 앞세워 진영의 사무실에 들어갔을 때, 진영은 사무실 가운데에 홀로그램 스크린을 띄워놓고 리나의 랩톱 데이터 전송 상황을 지켜보고 있었다. 70퍼센트가 다운로드된 후 멈춘 상태였다. 상은은 노크 후 쭈뼛거리며 호흡을 가다듬었다. 이어 천천히 안으로 들어갔다.

"왜 그렇게 주눅 들어 있어? 죄지은 사람처럼……. 데이터는 왜 보내다 마는데. 무슨 문제 있어?"

상은의 뒤로 들어오는 리나와 한을 본 진영은 손에 든 리모 컨을 떨어뜨렸다. 허둥지둥 홀로그램 스크린을 터치해 화면을 바이러스에 관한 논문 자료로 바꾸려는데 스크린이 제대로 밀리지 않았다. 진영의 손이 덜덜 떨렸다.

"다 알고 왔는데 뭘 숨겨요. 이렇게 지켜보고 있었으면서."

리나가 가소롭다는 눈빛으로 진영을 노려보았다.

"뭘 찾고 있었어요? 내 약점? 논문?"

"내가 너 따위 애송이한테 팀장 자리를 뺏길 거 같아?"

진영은 씩씩거리며 목청을 높였다. 이마에 핏줄이 불거진 진영의 표정은 분노로 가득했다.

"임태호 그 새끼, 내가 지 하라는 대로 다 하는데도 팀장 갈아 치울 생각을 해? 너랑 소장, 오자마자 연구소 다 휘젓고 다니고 아주 웃기지도 않아. 내가 너희 빽으로 들어온 증거 잡아서 둘 다 제보할 거야, 알아?"

이를 악물며 부들거리는 진영을 보고 리나는 할 말을 잃어버렸다.

"내가 다 들었어! 너 오고 얼마 안 돼서 그 새끼가 너 팀장감이라고 한 거 들었다고! 그러니까 내 앞에서 발뺌할 생각은 하지도 마!"

소리를 고래고래 지르던 진영은 자기 화에 못 이겨 책상 위의 물건들을 전부 바닥으로 쓸어버렸다. 그것도 모자라 악에 받친 사람처럼 악악대며 자기 머리를 쥐어뜯고 방방 뛰었다. 지금까지 저런 모습을 어떻게 감추고 있었을까. 황당해하는 건 리나만이 아니었다. 진영의 수족 역할을 했던 상은은 완전히 얼어서 입만 벌리고 있었다. 리나가 충격 받은 상은의 눈앞에 대고 짝, 손뼉을 쳤다. 진영의 미쳐 날뛰는 모습에 정신을 뺏겼던 상은이 눈을 깜빡였다.

"저 사람을 뭘 믿고 이런 일을 했어?"

리나의 물음에 상은은 짜증을 내며 답했다.

"빨리 승진하고 싶었으니까요. 연구사님 들어오고 저도 신경 쓰였어요. 여기서라도 잘나가는 걸 보여줘야 형만 잘난 줄 아는 부모님한테 한 방 먹일 수 있잖아요. 하긴 연구사님이 저 같은 사람의 심정을 알겠어요?"

"그렇다고 덥석 이런 일을 맡아?"

"뭔가 이상하긴 했어요, 연구사님은. 베이징대학원 졸업식을 치르지 않고 왔잖아요. 그쪽 글로벌 연구소에서도 불렀다던데 여기로 온 것도 이상하고. 뒤에서 말 많았어요."

한숨이 절로 나왔다. 허탈함에 상은을 노려보자 상은은 변명을 더 했다.

"연구사님 여기 오고 연구소 전기 사용량도 엄청 늘어서 분명히 이상한 짓 한다고 생각했는데……. 추리소설광에 피규어나 모으고……."

"넌 맨날 쥐 배만 가르니? 게임하고 영화 보고 안 해?"

"아, 그런 건가."

머리가 좋은 데다 한 가지만 집요하게 파는 사람들이 융통성이 없다는 건 알았지만, 사고도 이렇게 유연하지 못할 줄은 몰랐다. 리나는 여기서 더 말하는 것조차 의미 없다고 느꼈다.

"시간만 낭비했네."

리나가 서둘러 진영의 사무실을 나오자 한이 얼른 옆에 붙어서 걸었다.

"좀 떨어져서 와요. 도망 안 갈 테니까."

"어디 가는데요? 바이러스 찾는 거 같은데 그러면……."

악착같이 따라붙을 줄 알았던 한이 말꼬리를 흐리며 걸음을 멈췄다. 리나는 반사적으로 몸을 돌렸다.

"따라올 거예요, 말 거예요?"

"아까 그랬죠. 연구사님이 여기 오고 나서 전기 사용량이 늘었다고."

"내가 안드로이드라는 말이라도 하고 싶은 거예요?"

"네……."

한의 모호한 말투에 리나는 버럭 화내고 싶은 걸 가라앉혔다. 나를 감시할 거면 입 다물고 하라는 말을 하려던 리나도 문득 깨달은 게 있었다.

"9월 10일 새벽 4시에 바이오 샘플 센터 정전이었잖아요. 평소에 전기를 많이 쓰면서 정전돼도 다닐 수 있는 거."

"단 몇 분 만에 이렇게 문제없이 돌아다닐 수 있는 거."

"충전된 안드로이드."

둘은 잠시 마주 보다가 서둘러 엘리베이터에 올라탔다. 한이 이어폰으로 선우와 통화했다.

"4월 10일 새벽, 4시 전후 바이오 샘플 센터 CCTV 전부 확보해서 먼저 체크해봐. 지금 보러 갈 거야."

안드로이드

한은 선우를 부른 후 연구소 뒤의 산 중턱에 있는 공터로 차를 옮겼다. 공터는 산행 길을 막아놓은 후 아무도 돌보지 않아 풀숲이 수북하게 자라 있었다. 새카만 주변에 눈이 적응하자 점차 시야가 확보됐다. 리나가 항의 조로 말했다.

"사무실에서 가지고 와야 할 게 있다는데 왜 여기로 바로 온 거예요?"

리나가 상은 때문에 정신이 팔려 사무실에서 그냥 나왔다며 다시 가야 한다고 했다. 한은 리나를 막았다. 정욱이 리나를 공격했다고 해서, 리나에게 혐의가 완전히 없다고 볼 수 없었다. 만에 하나 리나가 V2026 샘플을 유출한 거라면, 지금 리나가 하겠다는 대로 내버려두면 문제가 될 수 있었다. 그러면 이번 판은 완전히 지는 거다. 한은 아직도 은정욱을 놓친 자신에게 화나 있었다. 아니, 분노했다.

"CCTV 확인이 먼저예요. 가지고 와야 할 게 뭔지 나한테 말하고요. 내가 가져올 거니까."

리나가 무섭게 쏘아봤지만 한은 꿈쩍도 하지 않았다.

"진짜 블랙 요원들이란……."

리나는 발로 조수석 문을 차며 화풀이를 했다. 한은 '블랙 요원들'이라는 말이 걸렸지만 지금은 그런 걸 따질 때가 아니었다. 10여 분 쯤 지나 선우의 스카이 카가 도착했다. 선우는 크고 두터운 후드티에 검은색 데님 바지로 갈아입고 나타났다. 인간 친화적인 이 안드로이드는 바로 차 뒷좌석에 올라탔다.

"저를 부르셨다는 건 특별 임무가 있다는 뜻일 텐데요."

"그건 좀 이따 말할 테니까 CCTV 본 거부터 말해봐. 뭐 좀 나왔어?"

"나왔죠. 제가 미리 요원님한테 보내놨어요. 보실래요? 제가 아주 미묘한 부분을 찾아서 추려놨거든요. 바로 알아보기 편하게요."

한이 메인보드 화면에서 자신의 메일함 아이콘을 누르자 바로 홀로그램 화면이 나타났다. 한과 리나는 CCTV 영상에 집중했다. 화면의 시간이 정확히 새벽 4시가 되자 바이오 샘플 센터의 1층 로비의 전기가 나갔다. 칠흑같이 어두운 화면은 어젯밤 임태호 소장실에서 봤던 것과 다를 게 없어 보였다.

"여기 아주 작게 점멸하는데, 보이세요?"

선우가 손가락으로 가리키는 곳을 보자 좁쌀보다 더 작은 빛 두 개가 나란히 깜빡거렸다. 너무 작아서 녹화될 때 생긴 노이즈로 착각할 법했다.

"보세요, 이게 지금 불 꺼지자마자 검색대를 통과해요."

선우는 다른 화면들로 옮겨가며 작은 빛을 손가락으로 쭉 따라갔다.

"지하 1층에서 2층, 3층 여기 4층이요. 5, 6, 7, 8층."

점멸하는 빛 한 쌍은 8층 서랍 검색대를 넘는 듯 동시에 위아래로 크게 움직였다가 다시 일정한 지점에서 깜빡거렸다. 9섹터에 갔던 빛은 이곳까지 왔던 것처럼 되짚어서 1층까지 올라왔다. 그리고 3분 만에 불이 켜졌다. 로비에서 경비 직원들을 비롯해 샘플 관리 직원들이 나와 허둥대는 모습이 시야에 들어왔다.

"안드로이드예요. 이건 내 분야, 분야랄지 내 종족이랄지. 아무튼 그래서 내가 제일 잘 알아요."

선우가 자신만만하게 말했다. 한이 리나에게로 시선을 돌렸다.

"저 경비 직원 중 안드로이드 있어요?"

"바이오 샘플 센터는 안드로이드를 직원으로 뽑지 않아요. 이렇게 사람이 할 수 없는 일을 할 수 있으니까요. 자칫하면 보안에 문제가 생길 수 있죠."

"연구소에 배리나 씨 들어올 무렵에 온 신입이 또 있어요?"

"그때 신입 연구사들 들어오던 시기였으니까 꽤 있죠."

리나가 아까와 달리 가라앉은 목소리로 답했다. 연구소 직원 중 사람인 척하는 안드로이드가 있다. 그가 스파이다. 한이 선우에게 물었다.

"전에 직원들 조사하라고 한 건 뭐 안 나왔어?"

"연구소 쪽은 표면상으로도 가족관계도 아직까지는 걸리는 게 없어요. 바이오 샘플 센터에서 어제 일본 메델라 바이오 연구소로 간 사람이 있더라고요. 그 사람이 관련 있을지도 모르 겠네요. 이런 거 혼자 하기는 어렵잖아요."

"연구소에는 의심스러운 사람 없다는 거죠? 그럼 샘플 센터에 안드로이드가 사람인 척 들어가 있다는 건가요?"

리나의 물음에 한이 그녀를 보았다. 리나는 자신 역시 결백 하다는 걸 말하고 싶은 듯했다. 한이 못미더운 눈빛으로 리나 를 노려봤다.

리나가 힘주어 말했다.

"전 아니라고요."

"누구나 다 그렇게 말하죠."

한의 시니컬한 말투에 리나는 질렸다는 듯 한숨을 쉬더니 말을 이었다.

"직원 하나하나 안드로이드인지 확인하기에는 시간이 없지 않나요?"

"시간을 줄일 수 있는 방법이 있어요. 그래서 선우를 오라고 한 거예요."

한이 선우에게 시선을 돌렸다. 선우가 눈을 크게 뜨고 껌벅거렸다.

"저야 뭐, 시키는 일이면 뭐든 하죠. 망가지지만 않으면 됩니다."

"연구소 전기 시스템에 들어가서 메인 전원 꺼버려."

한이 목소리를 낮추고 선우에게 명령했다. 리나의 핸드폰에 붉은 불이 깜빡였다. 연구소에서 온 전체 메시지였다.

'질병청 관리국 국장실 알림. 특수실험부 배리나 6급 연구사 변형 엔하임 건부터 배제. 보는 즉시 임태호 소장 및 질병청 관리국으로 연락 바랍니다.'

한이 리나의 표정을 살폈다. 국장실에서 V2026 자료를 지우기 전에 본 게 틀림없었다. 임태호 소장이 보고했을 수도 있다. 리나가 항의의 눈빛으로 한을 보았다.

"내가 사무실 다시 들러야 된다고 했잖아요."

"스파이부터 잡고요. 그게 더 중요해요."

한이 리나에게 맞서듯 받아쳤다. 리나는 뭔가 말할 듯하더니 입을 다물었다. 리나의 목에 남은 붉은 자국을 얼핏 본 한은 말없이 시선을 돌렸다.

'이젠 누구 하나 놓치면 안 돼.'

한은 스스로를 다잡았다.

*

연구소 전체가 정전된 지 53분 정도 지났다. 자체 동력장치로는 냉장 및 냉동 보관기 정도에만 전기를 쓸 수 있었다. 안드로이드는 1시간 가량 지나면 충전해야 한다. 그렇게 하루 종일 조금씩 전기를 나눠 충전함으로써 한 번에 많은 전기량을 사용하지 않도록 설계되어 있었다. 1시간 동안 쓴 전기량의 일정부분이 충전되지 않으면 움직임이 느려지면서 사람과 다른 게 확연히 드러났다. 안드로이드는 정전이 돼서 충전할 수 없으면, 아직 충전량이 넉넉한 안드로이드를 찾는 프로그램이 내장되어 있었다. 한은 이걸 이용해서 안드로이드를 찾아내자는 말이었다. 선우가 필요한 것도 그래서였다. 전처럼 연구실 뒷문으로 들어온 리나와 한, 선우는 파이프로 둘러싸인 공간에 있었다. 선우가 자체 동력장치로 작동 중인 CCTV를 해킹했다. '출입 금지'가 붙은 철문 바로 옆에 자리를 잡은 그들은 선우의 노트북에서 나오는 홀로그램 화면으로 연구실 내부를 들여다보고 있었다.

"이 정도면 슬슬 나올 거 같은데요? 과연 누가 사람인 척하고 있었을까요."

선우가 흥미롭다는 듯 두 손을 비비며 CCTV를 살폈다. 리나는 그런 선우를 신기하다는 듯 보았다.

"선우 씨 보면 안드로이드가 인간처럼 울고 화낼 수 있는 날이 멀지 않겠어요. 사람이라고 해도 믿을 거 같아요."

"화 잘 내는 안드로이드도 있어요. 그렇게 프로그램되어 있으니까요."

선우는 늘 그랬듯 해맑은 표정이었다. 이 안드로이드는 늘 말이 많고 밝다. 이런 안드로이드가 대중에게 보급되면 사람들의 생활은 또 한 번 큰 변화를 겪게 될 게 분명했다. 한은 긴급 시 위기 대응이 빠르면서 친밀한 느낌의 안드로이드를 주문했던 게 떠올랐다. 그 정도는 들어줄 수 있다고 했던 권혁진차장이 귀찮다는 듯 인상 쓰던 것도 떠올랐다. 가끔 선우가 진짜 감정을 느낀다고 착각하지만, 실은 프로그램일 뿐이다. 새삼 그걸 인식하자 씁쓸하기도 했다. 모니터를 보고 있던 선우가 목소리를 낮춰 말했다.

"4층 특수실험부 B랩에서 누가 나왔어요."

허리가 구부정해져서 천천히 복도를 걷고 있는 남자가 보였다. 상체의 움직임은 자연스러운데 유독 다리가 이상했다.

"함유상."

리나가 화면 속 남자의 이름을 외치며 철문을 열었다. 한과 선우가 바로 그녀를 뒤따랐다.

엘리베이터를 타고 4층으로 간 그들은 실험실 복도에서 천천히 나오는 유상과 마주쳤다. 유상의 허벅지에 푸른빛의 숫자들이 빠르게 움직이는 게 바지에 비쳤다. 선우의 눈과 손끝에 푸른빛이 들어왔다가 사라졌다. 리나가 먼저 유상의 앞으로 다가갔다.

"함 연구사, 안드로이드였어?"

"하반신만요. 상반신하고 연결되는 AI가 장착돼 있어요."

유상이 엉거주춤 뒤로 돌아 허리춤에 칩을 넣고 빼는 사각형 버튼을 보여줬다. '충전 필요'라는 글자가 깜빡거리고 있었다. 그 아래에 충전 플러그를 꼽는 구멍 두 개가 나란히 있었다. 선우가 자기 양손의 두 번째 손가락 끝부분을 뚜껑처럼 젖혔다. 안에 플러그가 있었다. 선우가 두 손가락을 유상의 허리 플러그에 꽂았다. 2분 정도 지나자 유상의 다리가 부드럽게 움직이더니 제대로 섰다.

유상이 밝게 인사를 했다.

"감사합니다. 오늘 계속 정전이라서 불안했는데 정말 다행이네요."

'허탕인가?'

한숨이 저절로 나왔다. 한은 리나를 돌아보며 말했다.

"아까 거기로 돌아가요. 좀 더 지켜보는 게 낫겠어요."

리나는 그 자리에 없었다. 선우와 유상도 주변을 둘러봤지만 리나는 아무 데도 보이지 않았다. 한은 저도 모르게 인상을 쓰며 혀를 찼다.

*

리나는 자신의 사무실이 있는 복도로 들어섰다. 한과 선우가 유상에게 충전해주는 틈을 타서 소리를 죽이고 움직였다. 실험동 구역과 사무동 구역은 로비로 연결되는 구조이긴 해도 복도 입구는 정반대에 있었다. 최대한 빠른 걸음으로 로비를 가로질렀다. 자가 동력으로 불이 들어온 곳이 없는 사무동 복도 입구는 시커먼 입을 벌린 괴생물체 같았다. 리나는 뛰어들듯 복도로 들어갔다. 바로 오른쪽에 있는 휴게실에 들어간 그녀는 가장 구석에 있는 찬장을 열었다. 코코아 60인분이 든 박스 바닥에 손을 넣었다. 사용 기간이 지난 일회용 홍채 카드가 나왔다. 이곳 연구소에 오자마자 비상용으로 넣어둔 것이었다. 플라스틱 카드 두께가 문을 수동으로 열 때 잠금장치 사이에 끼우기 딱 좋았다.

홍채 카드를 손에 든 리나는 다시 소리를 죽이며 자신의 사무실을 향했다. 복도의 중간에 있는 사무실이 가까워지자 문이 아주 살짝 열려 있는 게 보였다. 안에서 물건 뒤지는 소리가 났다. 몸이 저절로 굳어졌다. 누가 있다. 리나는 떨림을 꾹 참으며 문고리를 잡고 조용히 문을 열었다. 그녀의 오른쪽 눈동자가 사무실 안을 살폈다. 덩치 큰 남자가 책상 위 책들을 빠르게 훑어보고 바닥에 던지고 있었다. 태호였다.

"지금 뭐 하시는 거예요?"

리나가 사무실로 들어가 한가운데 섰다. 태호와 정면으로 바라보는 위치였다.

"여기가 어디라고 와. 나가!"

"가져갈 게 있어서 왔어요."

리나는 흘끔 책장을 바라보았다. 눈높이 한 층 위에 참치범 피규어가 있었다.

"혹시 잠깐 제 하드에 올라갔던 V2026 파일 보신 거면 제가 설명할 수 있어요."

"나한테 허튼소리가 통할 것 같나? 어디로 보내려고 했던 건지 몰라도 내가 바로 국장님한테 전달했어."

"내가 아니에요. 다른 사람이 올린 거예요. 모함이라고요!"

태호는 듣기 싫다는 듯, 한 손을 펴 보였다.

"청원경찰 부를 테니까 그렇게 알아. 국장님한테 바로 연락할 거니까 여기 그대로 있어."

일이 복잡해졌다. 태호와 먼저 오해를 풀어야 할 것 같았다.

"잠깐만요, 소장님! 저 피규어 하나만 집을게요. 다른 거 안해요. 정말이에요."

리나는 태호를 최대한 설득하며 책장으로 다가갔다. 그녀가 막 손을 뻗어 참치범 피규어를 집으려 할 때였다.

"엎드려!"

한의 외침에 리나가 반사적으로 몸을 숙이며 책장에 바짝 붙었다. 갈색 총알이 그녀를 스쳐 사무실 벽에 박혔다. 놀라서 돌아보니 태호가 소음기를 장착한 글록17 권총을 들고 서 있었다. 순간, 태호의 눈과 손가락 끝이 푸른빛을 냈다. 선우와 유상에게서 빛나던 그 불빛이었다.

*

"안드로이드……."

리나가 저도 모르게 중얼거리는데 다시 태호가 총을 쐈다. 리나는 얼른 책장 옆 소파 쪽으로 몸을 숨겼다. 태호가 한을 향해 총을 겨눴다. 하지만 한이 빨랐다. 한의 총에서 발사된 총알이 태호의 손목 관절 이음새 사이로 파고들었다. 태호가 총을 바닥으로 떨어뜨렸다. 태호는 두 손을 들어 보였다. 한이 태호를 향해 손짓했다.

"천천히 나와. 어서!"

태호는 어색한 걸음걸이로 걸어 나왔다. 충전을 못 해서인지 점점 안드로이드 티가 났다. 어쩜 감쪽같이 몰랐을까. 리나는 새삼 자신이 태호의 안드로이드 특성을 눈치채지 못한 게 놀라웠다. 옷 사이로 가끔 푸른빛이 보이기는 했어도 대수롭지 않게 여겼었다. 태호가 사람이 아닐 거라고는 생각해본 적도 없었다.

"당신들 뭐야. 어떻게 한 나라의 주요 연구 기관에 버젓이 들어올 수 있는 거야?"

태호의 얼굴이 이상하게 일그러졌다. 웃으려고 하면 할수록 전력이 부족해 고무 재질의 피부가 씰룩거리다가 무너졌다.

태호의 입에서 뜻밖의 말이 나왔다.

"어떤 나라가 한반도가 이 이상 강해지기를 원하겠나."

태호의 눈동자가 점점 천천히 굴러갔다. 확실히 인공 눈인 게 티가 났다.

"목적이 뭐지?"

"이 나라는 계속 혼란스러울 거야. 변형 엔하임은 곳곳에서 번질 거고."

"V2026 어디 있어? 말해!"

태호가 양팔을 축 늘어뜨리나 싶더니 바로 한을 향해 짐승처럼 달려들었다. 한이 태호의 무게를 못 버티고 뒤로 밀렸다. 한은 악착같이 태호를 붙잡고 굴렀다. 하지만 태호의 힘을 당해낼 수 없었다. 태호가 한의 입과 코를 한 손으로 틀어막고, 다른 손으로 목젖 부근을 꽉 눌렀다. 한은 있는 힘을 다해 두 발로 태호의 몸을 걷어찼다. 태호가 뒤로 휘청하며 엉덩방아를 찧었다. 충전을 하지 못해 더는 힘을 못 쓰는 것 같았다. 그때 뒤에서 리나가 책상에 올려진 명패로 태호의 목을 후려쳤다. 목과 몸통을 잇는 부분이 꺾였다. 태호의 목이 왼쪽으로 틀어져 덜렁거렸다. 꺾인 부분으로 수많은 전선줄이 보였다.

태호는 꺼져가는 인공 눈동자로 한을 보았다.

"너희한테 필요한 건 남북 정상회담이 아니라 백신이야."

순간 태호의 손가락 끝에 푸른빛이 들어왔다. 태호는 입을 쫙 벌리더니 손을 집어넣어 전선을 뜯어냈다. 거대한 금속 몸체가 요란한 소리를 내며 무너지듯 쓰러졌다. 태호의 눈은 생기를 잃었고 입천장에서 가느다란 전선이 몇 가닥 내려와 있었다.

리나가 명패를 내려놓으며 말했다.

"소장은 제가 오기 얼마 전 부임했어요."

둘은 동시에 한숨을 푹 내쉬었다. 한은 목을 쓰다듬으며 가볍게 기침했다. 리나가 멍하니 고철이 되어버린 태호를 보고 있었다. 리나는 여전히 태호가 안드로이드였다는 게 믿기지 않는 표정이었다. 한 역시 그랬다. 선우가 멍하니 서 있는 둘에게 다가왔다.

"여기 계셨네요. 계속 찾았어요. 차장님이에요."

선우가 홀로그램기를 손바닥 위에 놓고 둘에게 보여주었다. 혁진의 홀로그램이 한과 리나를 번갈아 보았다.

"두 사람 다 나 좀 보지. 바로."

새벽 2시 32분. 하늘은 어둠이 깊게 내려앉았다.

모욕

호텔 엘리베이터에는 정욱 혼자 타고 있었다. 한에게 잡혔던 양팔이 다 뽑혀나가는 것만 같았다. 정욱은 벽에 기대어 특수 합금 다리를 물끄러미 보았다. 6개월 전쯤, 중국에서 일본에 돌아오자마자 교통사고를 당했다. 같은 파의 경쟁자 짓이었다. 맨 위 공중 경로에 있던 3파의 부두목은 중간 경로로 가던 정욱의 스카이 카를 뒤에서 내리꽂듯 받았다. 스카이 카는 순식간에 땅으로 고꾸라졌다. 정욱은 다행히 목숨은 건졌지만 한동안 병원 신세를 져야 했다. 의사가 오른 다리를 못 쓰게 될지도 모른다고 했을 때는 다 끝났다고 생각했다.

그때 대학 동창을 만났다. 메델라 글로벌 제약회사 CEO

의 아들인 그는 정욱에게 오른 다리를 만들어 주겠다고 했다. 3파의 후계자 자리도 약속했다. 대신 정욱에게 일을 부탁했다. 국제적인 언론사의 기자인 동시에 뒷 세계에 몸담고 있는 정욱이 꼭 필요하다고 했다. 정욱은 동창의 제안을 받아들였다. 기회는 다가왔을 때 잡아야 한다. 우물쭈물하다가는 이도 저도 안 된다는 걸 정욱은 경험을 통해 알고 있었다. 정욱에게 티타늄 합금 다리가 생기자 상황은 순식간에 달라졌다. 3파의 리더는 돈줄을 끌고 온 정욱을 영웅이라며 추켜세웠다. 아랫사람들이 모두 모인 자리에서 '후계자는 당연히 정욱, 너밖에 없으니까 앞으로 아무 걱정 말라'고까지 했다. 정욱은 3파 안에서 자신에게 충성할 사람들을 키우기 시작했다. 싸움만 잘하는 게 아니라 머리를 쓸 줄 아는 이들을 뽑았다. 앞으로를 위해서도 이번 일을 잘 마무리해야 했다. 지금까지는 잘해왔다. 앞으로도 자신 있었다.

기침이 터져 나왔다. 가벼웠던 기침이 점점 심해지는 걸 정욱도 알고 있었다. 정욱은 벨트의 버클 안쪽 뚜껑을 열어 하얀 알약을 꺼내 먹었다. 아직은 개발 단계에 있는 약이라고 했다. 기침에는 큰 효과가 없지만, 고열과 근육통은 빨리 잡아줬다. 한두 시간 정도는 기침도 좀 가라앉았다. 정욱은 피식 웃었다.

"이제 이 엘리베이터 타는 사람들도 재수 없으면 변형 엔하임에 걸리는 거지.”

쿡쿡거리며 숨죽이고 웃던 정욱은 전라남도 카페의 여기저기를 걸으며 변형 엔하임 바이러스를 뿌리던 일을 떠올렸다. 가루 형태로 뿌린 장소 내에서만 효과가 있었지만, 손님들이 알아서 다른 곳으로 옮겨줄 테니 확산은 시간문제였다. 그리고 실제로 그렇게 되어가고 있었다. 조금 전에 로비에 걸려 있는 스크린에서 정부가 메델라 제약 회사의 변형 엔하임 백신을 전 국민에게 접종시키기로 했다는 뉴스가 나왔다.

정욱 역시 미리 백신을 맞았는데도 변형 엔하임에 걸린 모양이었다. 일부러 불량 백신을 놓은 걸까. 그렇더라도 상관없었다. 건강 체질인 정욱은 가볍게 앓고 말 테니까.

정욱이 머무는 17층에 올라갈 때까지 엘리베이터에는 아무도 타는 사람이 없었다. 5성급 호텔이 아닌 4성급의 캐주얼 콘셉트 호텔에 묵기를 잘했다는 생각이 들었다. 5성급이었으면 직원이나 서비스 안드로이드하고 마주쳤을 게 분명했다. 서비스 안드로이드하고 마주쳤더라면 정욱의 상태를 스캔하고 약을 가져다주겠다는 둥 병원을 알아봐주겠다는 둥 귀찮게 굴었을 것이다. 오른 다리가 안드로이드라는 것이 들켜 등록증까지 요구했을 테고. 정욱은 정말 골치 아플 뻔했다고 생각했다.

‘여기에 묵기로 한 것까지는 아주 좋았는데.’

"이렇게 될 줄 누가 알았냐고."

정욱이 일본어로 중얼거리다 인상을 찌푸렸다. 착한 눈동자에 어울리지 않는 표정이었다. 정욱은 자신의 나긋나긋한 음성이 어쩐지 기분 나빴다. 늘 그렇게 생각했다.

리나는 정욱의 목소리가 좋다고 했다. 그럴 때마다 비웃고 싶은 걸 참느라 힘들었다. 리나와 보내는 시간은 나름 재미있었다. 리나가 자신의 정체를 상상도 못 할 거라고 생각할 때마다 짜릿했다. 함께 식사를 하고 달콤한 시간을 가질 때는 진짜 연인인 것 같은 착각도 들었다.

김인만 초대 질병청 관리국장의 스파이 의혹 기사를 올리고 얼마 안 있어 리나에게 문자가 왔다. 걸려들었다. 계획대로 되어가고 있음에 정욱은 기뻤다. 리나의 집에 들어가서 랩톱에 자료를 옮겨놓을 때만 해도, 눈치 빠른 리나를 바로 덮쳐 목을 조를 때만 해도 곧 끝날 일인 줄만 알았다.

'그 자식은 뭐 하는 놈이길래……'

정욱은 자신을 두 번이나 집어던진 그놈을 떠올렸다. 평범한 경비 직원이 아니었다. 정욱도 오랜 시간 싸움판에 있어봐서 알 수 있었다. 막 싸움을 배운 어중이떠중이가 아니라 체계적으로 훈련받은 게 분명했다.

'혹시 히가시신주쿠의 그놈인가?'

정욱은 사람의 얼굴을 잘 기억하는 편이 아니었다. 그걸 감추기 위해 상대를 만나기 직전까지 사진을 보고 또 보며 익히곤 했다. 어쩌면 그 남자일지도 모른다. 그 남자가 한국에서 온 사람이라는 건 알고 있었지만, 정확히 어디 소속이고 어떤 일을 하는지는 몰랐다. 일을 하는 데 너무 많은 걸 알 필요는 없었다. 명령이 내려오면 따르기만 하면 된다. 장소와 시간, 상대의 사진을 받으면 그대로 수거하면 된다. 상대를 죽인 후 흔적도 없이 처리하는 것 말이다.

'그때 죽이지 못했던 남자가 다시 나타난 거라면……. 그 남자가 배리나와 있다는 건?'

정욱은 처음으로 그 남자가 한국 정부 기관 사람일지도 모른다는 생각이 들었다. 골치 아프게 됐다. 정욱은 머리를 쓸어 올렸다. 17층에 도착하자 엘리베이터 문이 열렸다. 정욱은 양팔을 천천히 휘두르며 자신이 묵는 1704호 쪽 복도로 갔다.

일단 오늘은 잠부터 자두는 게 좋겠다, 아직 새벽이고 시간은 있다, 라고 생각하며 문 앞으로 다가간 순간, 육중한 팔이 정욱의 뒷덜미를 잡아챘다. 정욱이 속수무책으로 끌려가더니 옆방으로 단번에 내팽개쳐졌다. 키가 2미터는 되어 보이는 흑인 남자가 문 앞에 지키고 서서 정욱을 하찮다는 눈빛으로 내려다보았다. 바닥에 나동그라진 정욱이 겨우 몸을 일으키자 이

번에는 날카로운 인상의 마른 라틴계 남자가 사정없이 그의
뺨을 갈겼다. 라틴계 남자의 입에서 능숙한 일본어가 나왔다.

"일을 그따위로밖에 못 해?"

"아직 시간 있잖아요. 걱정 마시라고요."

"최루탄 터뜨리는 데 재미 들렸어? 그거 제조회사 추적하면
다 나올 텐데, 꼬리 밟히려고 작정했어?"

"안 잡힙니다. 그 정도 대책도 안 했겠어요?"

정욱의 말에 라틴계 남자는 무릎을 살짝 굽혀 정욱과 눈높
이를 맞추었다.

"다음엔 네가 죽는다."

한층 낮아진 라틴계 남자의 목소리는 오한이 들 정도로 냉
기가 돌았다.

"언제까지 네 동창이 방패가 될 순 없어. 네가 두 번이나 실
패해서 분위기가 안 좋다고."

말투는 형식적으로 바뀌었지만 날카로운 라틴계 남자의 눈
빛은 진심이었다. 이제 멋대로 굴면 죽는다.

정욱은 별수 없이 무겁게 고개를 끄덕였다. 라틴계 남자는
무릎을 펴고 일어나 정욱을 노려보며 중국어로 말했다.

"후앙 민, 이제부터는 제대로 해라."

라틴계 남자가 자신의 중국 이름을 말하자 정욱은 가슴이

철렁했다. 알고 있을 거라고는 짐작했지만 이렇게 눈앞에서 본명을 부를 줄은 몰랐다. 라틴계 남자가 흑인 남자에게 눈으로 신호를 주자, 흑인 남자는 다시 정욱의 뒷덜미를 잡아 문밖으로 던지듯 내몰았다. 마치 쓰레기를 내놓는 것 같았다.

1702호 문이 닫혔다. 정욱은 아까보다 더 쑤시는 몸을 이끌고 1704호의 스캔 모니터에 오른손 손바닥을 갖다 댔다. 저절로 어금니에 힘이 들어갔다. 화가 나서 미칠 지경이었지만, 그와 동시에 무서웠다. 분한 마음에 정욱이 어금니를 있는 힘껏 깨물자 우두둑, 소리를 내며 이가 깨졌다. 도어록이 풀렸다. 정욱은 안으로 들어가며 왼발로 문을 사정없이 차버렸다. 마음 같아서는 오른발로 문을 부수고 싶은 심정이었지만, 그랬다가는 아직 1702호에 있는 흑인 남자의 손에 죽을 게 뻔했다. 욕실로 들어간 정욱은 타월로 얼굴을 감싼 후 일본어로 고함쳤다.

"내 이름은 고 하야시야. 후앙 민이 아니라고!"

몇 번이고 연거푸 외쳤지만 화는 풀리지 않았다. 정욱은 타월을 집어 던졌다.

원치 않는 임무

한과 리나가 불려 간 곳은 국정원 소유 건물의 지하 벙커였다. 삼각지역 근처에서 한과 리나를 기다리던 젊은 남자가 둘에게 눈가리개와 귀마개를 씌우고 데려간 곳이었다. 한과 리나는 검은 스크린으로 막혀 있는 책상 앞에 나란히 앉았다. 문 입구와 벽 모서리 끝에 각각 검은 옷과 검은 선글라스를 착용한 사람이 한 명씩 서 있었다.

"오느라 수고했어. 수고했어요, 연구사님. 서로 다 알고 있으니 바로 본론으로 들어가지."

혁진의 목소리였다. 요원 한 명이 다가와 책상 오른쪽 모서리의 검은 액정에 엄지손가락을 갖다 댔다. 검은 스크린이 걷히고 혁진의 모습이 드러났다. 혁진은 한과 리나의 맞은편에 앉아 있었다. 한은 곁눈질로 리나를 슬쩍 봤다. 평소와 다름없어 보였다. 역시 평범한 연구사가 아니었다. 그런데 손에 참치범 피규어를 꼭 쥐고 있는 모습이라니. 한이 리나의 사무실에서 만지려고 했던 그 피규어였다. 저걸 가지고 와야만 했다는 건 뭔가 숨겨놓았다는 뜻이다. 한은 그게 뭔지 궁금했다.

"정리 좀 해봅시다. 저는 국정원 제1차장 권혁진입니다. 국정원 대외 블랙 요원, 요원명 이한. 그리고 인공 바이러스 박사이자 미국 정보부 데이비드 피셔(David Fischer) 요원의 정보원인 배리나 씨."

한이 놀라서 리나를 바라보았다. 리나는 피규어만 만지작거렸다. 혁진이 말을 이어갔다.

"어제 요원들이 배리나 씨를 체포하려다가 위에서 풀어주라는 연락을 받아서 집에 보냈다는 보고를 받았습니다. 그래서 알아보니 배리나 씨가 미국 정보부 요원의 정보원이라고 하더군요. 중요한 정보 수집을 담당하고 있다고요."

리나가 말없이 피규어 받침 아랫부분을 손으로 밀었다. 뚜껑이 빠지더니 안에서 검고 작은 홀로그램기가 나왔다. 한이 갖고 있는 것과 똑같았다.

"미국하고 연결해서 오해를 풀려고 했는데 일을 덜었네요."

"관리국 쪽 일은 저희가 정리하도록 하겠습니다. 현재 이 일은 국정원 국외 정보, 방첩, 과학기술 전부 다 포괄합니다. 그래서 맨 처음 일을 시작한 이한 요원이 임무를 완수하기로 했습니다. 두 사람에게 각자 할 일을 전하죠. 이한 요원은 은정욱과 바이러스 샘플의 행방을 찾는다. 은정욱의 본명은 후앙 민, 일본 이름은 고 하야시. 은정욱이라는 이름은 뉴 포스트에 들어가기 전에 죽은 대학 동기의 신분증을 도용한 걸로 드러났다. 현재 신조합 3파 부두목급 인물이다."

"누구의 사주를 받은 겁니까?"

"지금은 이자를 막는 게 더 중요하다. 무조건 막는다."

더 이상 물을 수 없었다. 한은 입을 다물었다. 혁진이 리나에게 시선을 옮겼다.

"배리나 씨, 도쿄에 있는 메델라 바이오 연구소에 가기로 되어 있죠? 하루 일찍 가는 걸로 변경했습니다. 오늘 중에 출발하셔서 메델라 바이오 연구소에 있는 V2026 관련 자료를 건네받으시면 됩니다. 거기에 저희 정보원이 있습니다."

혁진이 답을 기다리듯 리나를 보았다. 그녀는 입을 다물고 있었다.

한이 리나를 불렀다.

"배리나 씨."

대답하라는 뜻이었지만 리나는 혁진을 보기만 했다. 혁진이 차분히 말했다.

"하고 싶은 말 있으면 하십시오."

"뉴 포스트에 아버지 기사, 왜 그냥 실리게 됐어요? 막으려면 막을 수 있었잖아요."

"지금 그 기사 내려갔습니다. 저희 쪽에서 확실하지 않은 정보로 혼란을 조장하지 말라고 요청했어요."

"제 말은 나오기 전에 막았어야 한다는 거예요. 그리고 확실하지 않다니⋯⋯. 아니라는 말은 안 하시네요."

혁진의 말투는 점잖았지만 단호했다.

"저희가 함부로 장담할 수 있는 문제가 아니니까요."

리나의 목소리가 점점 까칠해졌다.

"그래서 남북 정상회담에 부담 안 가는 선에서만 됐다가 내리라고 했다는 거죠."

한은 그녀가 금방이라도 자리를 박차고 일어날까 봐 조마조마했다. 그는 여차하면 그녀를 잡아 앉힐 태세로 몸을 살짝 틀었다.

"이 일이 다 끝나면 정리하겠습니다. 배리나 씨, 지금 와서 다른 선택지는 없습니다. 이걸 안 하면 배리나 씨는 미국에서도 우리한테서도 아무 도움 못 받습니다."

"아니요. 일부러 아무것도 안 하는 거잖아요. 혹시 내가 다른 나라에 정보를 팔아먹을까 봐."

"배리나 씨, 당신이 대한민국 국민이라는 사실을 잊으면 안 됩니다."

"나한테서 애국심 같은 거 바라지 마요. 난 우리 아빠 명예만 되찾으면 돼. 그래서 어릴 때처럼 아무 걱정 없이……."

갑자기 그녀가 인상을 찌푸리며 왼쪽 귀 뒤를 손가락으로 눌렀다.

"배리나 씨, 약속하겠습니다. 이 일 마무리 잘해주시면 저희도 본격적으로 알아보겠습니다. 지금 메델라 일본 바이오 연구소의 자체 보안이 강화돼서 낯선 연구원은 일체 받지 않고 있습니다."

리나는 다시 입을 다물었다. 혁진이 말을 이었다.

"이 일이 아버님인 고 김인만 국장님의 일과도 연결되어 있지 않을까요? 배리나 씨가 V2026을 유출했다고 누명 쓸 뻔한 걸 보면 그럴 가능성이 큽니다."

리나는 잠시 손가락을 귀 뒤에 대며 찡그렸다. 그리고 참치범 피규어와 홀로그램기를 들고 자리를 떴다. 경호원 한 명이 황급히 그녀를 따라 나갔다. 한도 자리에서 일어났다. 리나가 나가자마자 혁진이 한에게 말했다.

"어떤 거 같아, 배리나? 아니, 김린?"

"겁이 없긴 하지만 잘못된 일을 할 사람 같지는 않습니다."

혁진이 한을 올려다보았다.

"네가 그렇게 말할 때는 믿어도 된다는 뜻이지만, 끝까지 긴장 놓지 마."

"알고 있습니다."

"이제 동점 골은 허용하지 말아야지."

한은 갑자기 오른쪽 손목이 쑤시는 것 같았다. 은정욱은 잡힐 것 같다가도 한의 손을 빠져나갔다. 한은 인상을 쓰며 말했다.

"배리나도 감시 잘하고 은정욱도 마크 잘하겠습니다."

"바이러스 샘플 위치가 확인되고 피치 못할 사정이 생기면 수거해도 된다."

은정욱을 그 자리에서 없애도 좋다는 뜻이다. 한은 고개만 약간 숙였다.

"벌레 건은 시도 자체가 공식 기록에 남으면 안 돼."

한은 혁진의 말을 세계가 블록화되었을 때 한반도가 주도권을 잡기 위해 불리한 요소를 줄이려는 의미로 이해했다.

"그런데 은정욱 배후는 정말 덮을 겁니까?"

혁진의 말투에서 부드러움이 사라졌다.

"이한 요원."

한은 긴장하고 몸가짐을 정돈했다.

"요원은 임무 수행에 집중한다. 자네는 이기는 게임만 하면 될 뿐이야."

혁진이 한의 대답을 기다리지 않고 자리에서 일어났다. 다시는 이 일을 언급하지 말라는 의미였다. 한은 입을 다물기로 했다. 구석에 서 있던 요원이 와서 다시 테이블 액정에 엄지손가락을 갖다 댔다. 검은 스크린이 한의 앞을 가로막더니 뒤쪽으로 사람들이 문을 열고 나가는 소리가 들렸다. 한도 옆에 있던 요원과 함께 그곳을 나갔다.

*

리나와 한을 데리고 왔던 젊은 남자는 둘을 함께 삼각지역 근처에 내려줬다. 왔을 때와 똑같이 눈가리개와 귀마개를 해야 했다. 삼각지역에 내려 눈과 귀가 자유로워지자 리나는 핸드폰을 확인했다. 예약 가능한 오늘 자 도쿄행 비행기 티켓 정보가 나왔다. 티켓 예약을 마치자 한이 스카이 카로 안내했다.

"여권하고 필요한 것들은 우리 쪽에서 준비했어요. 지금 집이 엉망일 거라."

한은 정욱이 최루탄을 터트리고 간 후 경찰이 출동했고, 그

후의 일은 국정원에서 처리했다고 부연 설명을 덧붙였다.

"그럼 가방하고 여권만 받을게요. 들를 데가 있어요."

"은정욱이 어디에 있다가 나타날지 모르잖아요. 데려다줄게요. 어디 가는데요?"

리나는 잠시 머뭇거리더니 조수석에 올라타며 말했다.

"전라남도요. 주소는 제가 입력할게요."

리나는 메인보드의 화면을 터치해 수동으로 주소를 입력하는데 문득 목에 통증이 느껴졌다. 리나는 왼손으로 목을 가리며 움츠렸다. 한은 창밖을 보고 있었다. 다른 생각을 하는 건지 일부러 모르는 척해주는 건지 몰라도, 어쨌든 자신을 보고 있지 않아 다행이라는 생각이 들었다.

전라남도로 향하는 한의 스카이 카 안은 한동안 침묵이 흘렀다. 리나가 가방을 열고 참치범 피규어를 넣었다.

"지금 가는 데는 어디예요? 친척 집?"

그런 얘기까지 해야 하나. 리나는 별일 아닌 양 스스럼없이 묻는 한의 태도가 더 거슬렸다. 리나는 짜증이 담긴 눈으로 한을 물끄러미 보았다. 한이 질문을 계속했다.

"은정욱한테 지금 가는 곳 얘기한 적 있어요?"

"여기서 은정욱이 왜 나와요?"

"은정욱이 한국에서 갔을 만한 곳들을 다 추적 중인데, 전라남도가 나왔거든요."

아차, 싶었다. 정욱에게 말한 적이 있긴 했다. 리나는 자신
이 너무 허술했던 걸 자책하며 입술을 깨물었다.

"저희 별장이 있다고 했어요."

"그럼 전라남도에서 변형 엔하임이 집단발생한 게 우연이
아닐지도 모르겠어요."

은정욱이 바이러스를 퍼뜨렸다? 가능한 시나리오였다. 그
러고 보니 정욱이 잔기침을 했었다. 별것 아닌 것처럼 보였지
만, 그게 만약 변형 엔하임 증상이었다면?

"바이러스랑 백신 정보, 미국에도 넘길 거예요?"

한의 갑작스러운 질문에 리나의 인상이 찌푸려졌다. 대화
가 갑자기 이렇게 튀어버리다니.

"내가 계약한 건 미국 정보 요원이니까요. 그쪽에서 해달라
는 대로 해야겠죠."

"배리나 씨, 한국 사람이잖아요."

"그게 뭐요? 한국 사람이면 냅다 한국에 다 퍼줘야 돼요?
계약 사항 무시하고? 그러려면 날 정식으로 고용하든가."

"그게 강대국에 넘어가면 우리가 더 불리해지는 거 나보다
더 잘 알지 않나?"

리나는 한의 말에 위장에서 뭔가 불쑥 치밀어 오르는 게 느

껴졌다. 리나는 입을 꽉 다물며 그걸 삼켰다. 어느덧 차가 전라남도 공중 경로로 들어섰다.

"저쪽 스카이 카 주차장에 내려주세요."

한의 스카이 카가 서서히 주차장으로 내려갔다. 새벽 4시 8분. 하늘은 여전히 어두웠다. 스카이 카가 서자마자 리나는 서둘러 벨트를 풀고 문을 열었다.

"김린 씨."

리나는 순식간에 머리로 피가 확 쏠렸다. 손으로 차 문을 거칠게 닫고 운전석으로 성큼성큼 걸어갔다.

"내 본명 말하면 뭐? 너도 나 협박하겠다는 거야? 나에 대해 이렇게 다 안다고 정보력 자랑이라도 하는 건가? 니들 그 잘난 정보망 갖고 여태 뭘 했는데? 고 김인만 국장 누명은 왜 못 벗겨?"

리나의 입에서 꾹 참았던 말들이 터져 나왔다. 한은 놀란 눈을 하고 자신의 오른 손목을 만지작거렸다.

"필요할 때만 '우리'를 강조하는 것처럼 짜증 나는 게 없다는 걸 모르나 본데, 이런 식으로 정에 기대서 주도권 잡으려 들지 마. 그렇게 간절하면 직접 가서 가져와. 연구소 출입문에서부터 막힐 거 같으니까 날 이용하는 거면서……."

리나는 꽉 쥐었던 주먹이 떨리는 걸 느꼈다. 그 주먹으로 날아가려는 이성을 애써 붙들고 있었다. 돌아서 걸어가며 잘 참 았다고 스스로를 다독였다. 주차장을 나서며 슬쩍 뒤를 보니 한이 리나를 보고 있었다.

"그러게 왜 남의 본명을 아는 척을 해."

리나는 보스턴 가방을 들고서 아무도 없는 새벽길을 걸었 다. 저만치 한의 스카이 카가 공중으로 떠오르는 게 보였다. 리나는 핸드폰을 꺼내 택시 앱을 켰다.

*

전라남도 구영시의 새벽은 유난히 조용했다. 변형 엔하임 환자가 집단발생한 탓인지 차 한 대도 지나다니지 않았다. 야 트막한 언덕으로 가는 오솔길 초입에 리나를 태운 택시가 불 빛을 내며 달려와 섰다. 리나는 가방을 들고 새카만 오솔길에 들어섰다. 어둠에 적응한 눈으로 나무와 잡초를 대강은 식별 할 수 있어서 걷는 데 불편함은 없었다.

50미터쯤 걸어 들어가자 어렴풋이 지붕을 씌운 단독주택이 보였다. 집 가까이에 커다란 나무가 장승처럼 서 있었다. 현관 앞으로 간 리나는 문이 살짝 열려 있는 걸 발견했다. 무의식중 에 목으로 손을 가져다 댔다. 열린 틈으로 귀를 대고 안에서

나는 소리를 들었다. 집 안은 조용했다. 이따금 바람에 창문이 흔들렸다. 밖에서는 풀벌레 소리, 나뭇잎이 서로 부대끼는 소리만 들릴 뿐이었다. 조용히 문을 열고 안으로 들어가니, 썰렁한 냉기가 느껴지며 오래된 가구 냄새가 났다. 리나는 왼손으로 벽을 더듬어 전기 스위치를 찾았다. 아무리 눌러도 불이 들어오지 않았다.

리나가 여기에 살면서 관리해주는 별장지기를 불렀다.

"아저씨?"

자신의 목소리 끝이 떨리는 게 또렷이 들렸다. 다시 한번 "아저씨!" 하고 불렀지만 돌아오는 대답은 없었다. 조금 더 안으로 들어가니 발끝에 걸리는 게 있었다. 희미하게 보이는 거실은 집 안 물건이 여기저기 널려 난장판이었다. 리나는 조심조심 안으로 들어가 부엌에 있는 두꺼비집을 찾아 차단기를 올렸다. 거실에 불이 들어왔다. 부엌도 성한 물건이 하나 없이 전부 다 깨지고 박살 나 있었다.

"은정욱, 너……."

리나가 주먹을 꼭 쥔 채 이를 악물었다. 문득 아버지 인만의 서재가 떠올랐다. 집 안을 쑥대밭을 만들어놓은 걸 보면 괜찮을 리 없지만 확인해야 했다. 부엌을 나와 베란다 통유리 옆의 복도를 지나 맨 끝에 있는 서재로 갔다. 역시나 엉망진창이었다. 벽 두 면을 가득 채웠던 책장의 책들이 전부 바닥에 쏟아져 널브러져 있었다. 책상 위에도 성한 물건이 하나 없이 전부 쓰러져 있거나 바닥에 떨어져 있었다.

정욱이 뭔가 찾고 있었던 게 분명했다. 집 안을 이 지경으로 만들면서 찾는 게 뭐였을까, 리나는 생각했다. 인만이 죽은 지 올해로 24년이다. 지금 와서 정욱이나 그 배후 인물에게 필요한 게 뭐가 있을까. 그들은 바이러스 샘플을 훔쳤고, 그녀의 별장 근처에서 변형 엔하임 바이러스를 확산시켰다. 한국에서 일을 벌이고 있는 게 분명했다. 그것도 국가적으로 아주 심각한 일을.

'생각해. 생각해내야 해.'

정욱이 찾을 만한 물건. 리나는 어릴 적 기억을 더듬어보려 애를 썼다. 왼쪽 귀 뒤부터 통증이 머리 전체로 퍼져나갔다. 두통을 떨쳐 내려는 듯 머리를 흔드는데, 문득 눈에 들어오는 것이 있었다. 책 밑에 깔린 참치범 피규어였다.

갑자기 귓전에 아버지 인만의 목소리가 들렸다.

'여기다가 우리 중요한 거 숨겨두자. 재밌겠지?'

두통에 눈까지 감기려고 했다. 그럼에도 기억해낸 게 있었다. 리나는 서재를 나와 복도 맞은편 끝에 있는 방으로 갔다. 자신이 쓰던 방이었다. 역시나 엉망이 되어 있었다. 침대 밑 서랍까지 전부 빼서 뒤집어놓은 걸 보니 찾아볼 수 있는 데는 다 찾아본 것 같았다. 리나는 침대 이불 속에 파묻혀 있던 토끼 인형 하나를 찾아냈다. 옷 안으로 인형 몸체에 지퍼가 숨겨져 있었다. 리나는 그 안에 인만과 둘이서 물건을 숨겨놓았었다. 거실로 인형을 들고 나와 앙증맞은 원피스를 젖히고 털 속 깊숙하게 박혀 있는 지퍼를 찾아냈다. 손톱 끝으로 겨우 잡아내서 지퍼를 내리니 가운데에 사각형의 플라스틱 상자가 있었다. 상자를 여니 2025년쯤에 썼을 USB와 사탕이니 플라스틱 반지 같은 게 나왔다. 잠시 어릴 적 일이 흐릿하게 떠올랐지만 추억에 빠져 있을 시간이 없었다.

보스턴 가방을 열어 안쪽 주머니에 USB를 챙겨 넣었다. 가방을 둘러메고 나가려고 하니 그제야 거실 바닥이 눈에 들어왔다. 온갖 물건들로 어지럽혀 있는 바닥 여기저기에 핏자국이 있었다. 별장을 지켜주던 아저씨가 변을 당한 것 같았다. 마음이 쓰렸지만 지금은 도쿄로 가야 했다. 이제 공항으로 출발할 시간이었다. 물건들을 밟지 않으려 조심하며 걸음을 옮기는데, 그 사이에 삐죽 나온 사진이 보였다. 무릎을 굽혀 조심스럽게 사진을 빼냈다. 리나는 사진 속 인물들을 뚫어져라 쳐다보았다.

사진의 배경은 메델라 글로벌 제약의 포럼 장소였다. 뒤로 포럼 현수막이 보였고, 그 앞에 인만과 하얀 연구원 가운을 입은 몇몇 사람들, 양복을 입은 인만 또래의 동양인 남성 그리고 백인 남성이 같이 서 있었다. 백인 남성은 리나에게도 익숙했다. 메델라 글로벌 아시아 대표였다. 가슴이 서늘해지더니 몸이 떨려왔다.

'아빠가 정말 저 사람들한테 바이러스 정보를 유출했던 거라면…….'

집 밖에서 낯선 소리가 들렸다. 얼른 사진을 가방 안에 쑤셔 넣고는 조심스럽게 앞으로 엎어진 소파 뒤로 갔다. 잠시 후 삐걱하고 문이 열리는 소리가 들리더니 익숙한 음성이 리나를 불렀다.

"배리나 씨, 이한입니다."

한숨이 절로 나왔다. 안심한 티를 보이고 싶지 않아 최대한 무표정한 얼굴로 일어나 모습을 드러냈다. 한이 전에도 보았던 얇고 작은 총을 한 손에 들고 문 앞에 서 있었다.

한과 리나의 시선이 잠시 부딪쳤다.

"오던 길에 김석수라고 이곳 별장지기를 발견했다는 소식을 들었어요."

"돌아가셨나요?"

"……."

긍정의 침묵이었다. 예상은 했지만 마음이 쿵 내려앉았다. 리나는 눈물이 나려는 걸 억지로 참으며 고개를 위로 들었다. 리나가 진정하기를 기다린 한이 조용히 입을 열었다.

　"공항까지 같이 가시죠."

　한이 조심히 안으로 들어와 리나에게 팔을 뻗었다. 가방을 달라는 뜻이었다. 리나는 말없이 한에게 가방을 내주었다. 이렇게 찾아와준 게 조금은 고마웠다.

　집을 나온 리나는 한의 스카이 카에 오르기 전, 흘끗 뒤를 돌아보았다. 말로 형용할 수 없는 감정이 몰려왔다.

　"타세요."

　담담한 한의 목소리가 어쩐지 위로가 됐다. 한이 괜찮은지 물어봐주지 않아서, 티 나게 위로해주지 않아서 다행이었다. 조수석에 올라탄 리나는 스카이 카가 떠오르며 집이 점점 멀어지는 걸 지켜보았다. 자신과 인만의 추억도 멀어지는 것만 같았다.

후앙 민, 고 하야시, 은정욱

새벽 5시 37분. 전철 2호선 마지막 칸에는 사람이 없었다. 검은색 볼 캡에 검은색 후드티, 진한 색 청바지를 입고 검은색 배낭을 든 정욱은 겉으로는 멀쩡해 보였다. 덩치 큰 흑인 남자한테 두 번이나 던져졌던 정욱은 몸뚱이가 여기저기 쑤셨다. 특히 오른팔이 그랬다. 억지로 늘인 것처럼 아팠다. 기침은 여전했다. 메델라에서 준 약과 진통제를 열 알 정도 때려 부었음에도 나아지는 게 없었다. 정욱은 자신의 차가운 손으로 몸 여기저기를 주무르며 아픔을 참아내고 있었다.

'나쁜 새끼들, 치료도 안 해주고 부려먹으면서 여자 한 번 놓쳤다고 협박을 해?'

생각할수록 열이 받았다. 금속 다리를 자기들 돈으로 달아준 것도 아닌데 보통 유세를 부리는 게 아니다.

'자기들이 못 하니까 나한테 부탁한 거 아닌가? 나 정도 되는 인물을 써먹는 거면서, 감히.'

속으로 분을 삭이고 있는 사이, 대학가 역에 섰던 전철이 출발하고 있었다. 역 이름이 빠르게 정욱의 눈앞을 스쳐 지나간 후, 전철은 컴컴한 터널 안으로 들어섰다. 정욱은 자기도 모르게 역 이름을 중얼거렸다.

"소헌대입구역."

정욱이 들어도 자신의 목소리는 아련했다. 정욱이 한국에 4년 여간 있을 때 살던 곳이었다. 집세가 싼 지역은 아니었지만, 아버지는 그쪽 학교들이 좋다고 굳이 소헌대 주변을 고집했다. 정욱이 연예인 데뷔를 꿈꾸며 춤에 푹 빠져 있던 시기이기도 했다. 모든 건 아버지가 교통사고로 크게 다치면서 물거품이 됐고, 두 사람은 이곳에서 밀려나듯 일본으로 갔다. 아버지가 그토록 싫어했던 아버지의 고향인 할머니 집으로 가야만 했다.

정욱은 그 모든 과정이 화가 났다. 아버지가 돌아가시고 대학에서 자기보다 못한 것들이 부모 덕에 좋은 회사에 들어가는 것도 말이다. 화는 가라앉지 않고 점점 쌓여 정욱의 몸집보다 커졌다. 이제는 그걸 세상에 되갚을 때가 되었다. 일을 사주한 이들이 얼마나 높은 자리에 있는지는 정욱이 알 바 아니었다. 정욱은 자신을 엿 먹인 세상을 남의 신분증을 도용해 속이고 놀렸는데도, 화는 점점 쌓이기만 했다. 이제는 자신을 끝까지 뽑아주지 않은 이 땅에 복수하고, 늘 자신을 이방인 취급한 섬나라에서 아무도 건드리지 못하는 사람이 될 것이다. 그게 정욱의 목표였다.

정욱은 맞은편 유리창에 비치는 자신을 보며 일본어로 중얼거렸다.

"돈도 벌고 복수도 하고, 최고 아니냐."

아무리 삐딱하게 웃어도 그저 선한 미소처럼 보이는 얼굴이었다. 이 얼굴을 물려준 것만큼은 어머니한테 감사한 마음이 들 때도 있었다.

어느덧 내릴 역에 다다랐다. 연강대학교 앞이다. 혼자 내린 정욱은 어슬렁거리며 플랫폼을 걸었다. 저만치 다른 칸에 탔던 사람들이 에스컬레이터에 올라타는 모습이 보였다. 정욱은 너무 느리지 않게, 사람들과 거리를 두며 역을 빠져나왔다. 무빙워크에 올라탄 정욱은 우암산 입구에서 옆의 비포장도로로 내려왔다. 연강대학교 정문이 아닌 산 둘레길을 걸어서 가다보면 작은 정자가 나온다고 했다. 몸 여기저기 타박상을 입은 정욱에게 산을 올라가는 건 쉽지 않았다. 별것 아닌 거라고 생각했는데 몸에 모래주머니를 달기라도 한 것처럼 걷기 힘들었다. 누가 자신을 내동댕이쳤다고 못 걸으면 어디 가서 두목감이라고 할 수 있겠는가. 정욱은 이를 악물고 걸어 올라갔다. 부러진 어금니 자리가 비어 얼얼했다.

애를 쓰며 올라간 정자에 걸터앉은 정욱은 잠시 서울의 밤 풍경을 바라보았다. 스카이 카들이 경로를 따라 지나가며 만드는 불빛까지 더해진 어스름한 하늘 아래의 서울의 모습이 물에 잠긴 듯 아름다웠다. 정욱은 속으로 작게 웃었다.

'쓸데없이 예쁘니까 더 열 받네.'

정욱이 왼발로 앉은 자리의 나무를 치자 퉁, 하고 안이 텅 빈 소리가 울렸다. 바닥으로 내려가 철푸덕 주저앉아 나무판 양옆을 잡고 흔들었다. 판자가 빠지고 난 공간 안에는 철제 박스가 하나 있었다. 양손에 들어오는 크기의 박스는 생각보다 묵직했다. 이거다. 내일이면 대한민국을 바꿀 미지의 공포, V2026. 정욱은 박스를 배낭 안에 넣고 훌쩍 일어났다. 그러고는 하늘을 향해, 내려다보이는 서울을 향해 한국말로 냅다 소리를 질렀다.

"니들은 이제 끝났어!"

스카이 카들이 줄지어가며 내는 가벼운 소음에 정욱의 목소리가 묻혔다.

되살아난 기억

비행기에 있는 내내 리나의 머릿속은 여러 생각으로 복잡했다. 정욱에게 졸렸던 목도 여전히 욱신거렸다. 별장에서 발견한 사진은 인만이 메델라 제약 회사와 모종의 관계였을 수도 있다는 증거였다. 양복 차림의 동양인 남성은 누군지 알 수 없었지만, 다들 인만을 의심하고 있는 지금 상황에는 도움이 되지 않을 게 틀림없었다.

리나는 괜히 주변을 한번 살펴보았다. 비즈니스석의 승객들은 각자 제 할 일에 몰두해 있었다. 아침 이른 시간 비행이라서 잠을 자는 이들도 꽤 있었다. 리나를 쫓아 비행기에 탄 수상쩍은 사람은 없는 것 같았다.

리나는 앞 좌석 아래에 둔 보스턴 가방을 들고 안을 뒤졌다. 별장에서 한이 들어왔을 때 아무렇게나 집어넣은 사진을 찾았다. 끝이 구겨진 사진 속의 인만이 향수를 불러일으켰다. 동시에 두통도 심해졌다. 포럼 현수막에는 작게 '2025. 6. 8'이라는 날짜가 적혀 있었다. 미지의 동양인 남성은 인만과 비슷한 나이대였다. 리나는 연구원 가운을 입은 사람들의 얼굴도 하나하나 확인했다. 남성이 둘, 여성이 둘이었다. 어쩌면 메델라 바이오 연구소에서 마주칠지도 모를 일이었다. 지금까지도 그들이 그곳에 있다면 말이다. 만약 인공 변이 바이러스를 개발하고 그 정보를 넘겼다면, 이 사람들과 엮였을 가능성이 커보였다. 리나는 바이러스 최고 권위자였던 인만이 2026년 생긴 질병청의 관리국 초대 국장으로 부임하기 전까지 어디서 무엇을 했는지 정확히 몰랐다. 리나의 가슴이 소리를 내며 뛰었다. 리나는 이 불안함이 어디에서 오는지 알고 있었다.

'만약 아빠가 정말 스파이였다면 어떡하지.'

엄마 은경과 리나는 정말 죽은 듯 조용히 살았다. 아버지를 둘러싼 의혹이 풀리지 않아서였다. 2026년 질병청 관리국의 바이러스 테러 사건을 기억하는 사람이라면 누구나 다 아버지 이름만 나와도 은경과 리나를 다른 눈빛으로 보곤 했다. 경제적으로는 여유가 있었지만 마음은 힘들고 막막했던 시간이었다.

지금도 마찬가지다. 은경은 리나가 바이러스 연구를 하고 싶다고 했을 때 처음에는 심하게 반대했다. 리나가 아버지의 의혹을 풀고 싶다고 하자 은경은 목이 멘 소리로 한마디 했다.

"너까지 잃기 싫다. 몸조심해."

여기까지 생각이 미치자 머릿속에 공기가 찬 것처럼 무거웠다. 비행기가 착륙을 위해 고도를 낮추기 시작했다. 오랜만에 보는 납작하고 네모난 집들이 구름 아래로 보이기 시작했다. 벨트를 매고 비행기가 착륙하기를 기다렸다.

비행기에서 내린 리나는 곧장 스카이 카 주차장 위치를 확인한 후 바쁘게 걸음을 옮겼다. 비행기를 타기 전 국정원에서 미리 마련해둔 스카이 카가 있다는 말을 들었다. 리나에게 주어진 임무는 두 가지였다. 메델라 바이오 연구소에 가면 3층에서 미나미 메이를 찾을 것, 다들 회의실에 들어갔을 때 유심칩 보호용 케이스를 받아올 것. 긴장감이 몸을 휘감는 것 같았다. 그동안은 단순히 정보만 전해줬다면, 이번에는 리나가 직접 해내야만 했다. 자료를 받다가 자칫 연구소 사람들에게 발각되면 어떻게 될지 모를 일이었다.

리나는 무빙워크를 벗어나자마자 스카이 카가 있는 곳까지 뛰었다. 한시라도 빨리 V2026에 대한 걸 손에 넣고 싶었다. 그래야 자신이 원하는 걸 강하게 밀어붙일 수 있을 것 같았다.

리나의 계산대로라면 미국에서도 그 바이러스를 찾으려고 사람이 왔을 게 분명했다. 미국에서 먼저 바이러스를 가져가면 앞으로 얼마나 더 그들의 심부름꾼 노릇을 해야 될지 기약이 없었다. 이제는 더 이상 그들이 아버지에 대한 진실을 밝혀주기만을 무작정 기다릴 수 없었다.

'내가 먼저 찾아야 돼. 무조건.'

스카이 카가 부드럽게 공중에 뜨며 치요다구의 오차노미즈역을 향해 움직였다. 일본의 바이오산업의 중심이 되는 연구단지가 있는 곳이었다. 이른 시간이라 한산할 줄 알았는데 도쿄로 들어가는 스카이 카들이 의외로 꽤 있었다. 오전 7시 34분. 오차노미즈역 내의 카페에서 바이오 연구소 직원과 만나기로 한 건 오전 8시 30분이라 아직 여유는 있었다. 아무리 밀려도 그 시간 안에는 오차노미즈역까지 도착할 수 있는 거리였다. 그럼에도 리나는 초조했다. 얼른 약속 장소에 가서 기다리고 싶었다. 메렐라 쪽에서 리나가 내일이 아닌 오늘 온 걸 잘 받아들여주기만을 바랐다. 스카이 카들이 천천히 움직이는 시간이 길어지자 리나의 초조함은 더해갔다. 신주쿠 언저리까지 왔는데도 마음이 놓이지를 않았다.

"침착해, 김린. 괜찮아."

리나는 자신의 본명을 부르며 스스로를 다독였다. 마음을 진정시키려 음악이라도 들으려고 액정에 뜨는 이모티콘을 살펴보았다. 'RADIO' 이모티콘을 누르자 한국 가수의 노래가 나왔다. 경쾌하고 밝은 곡이었지만 귀에 들어오지 않았다. 한쪽 귀로 들어와 금세 다른 쪽 귀로 흘러나갔다. 안 되겠다 싶어 끄려는데, 곡이 끝나고 디제이가 멘트를 했다.

"히가시신주쿠의 괴물 홀로그램이 바뀌었다고 하네요. 지금까지 걸어다니기만 하던 괴물이 이번에는 고개를 좌우로 흔들며 포효를 한다네요. 진짜 끝내줄 것 같지 않나요? 네, 끝내줍니다! 제가 보고 왔어요. 여러분, 다들 히가시신주쿠 호텔로 가세요. 여러분을 위한 이벤트들이 준비되어 있어요."

"괴물이 모형이 아니라 홀로그램이라고? 내가 괴물의 눈이 들여다보이는 호텔방에 묵었었는데……. 어!"

머리가 진공청소기에 빨려 들어가는 느낌에 리나는 하마터면 쓰러질 뻔했다. 경로를 벗어나 반대편에서 오는 스카이 카와 부닥칠 뻔한 찰나, 얼른 자동 주행 '주차' 버튼을 눌렀다. 차가 아래로 내려와 스카이 카 주차장을 찾아가는 동안 리나는 기억이 거꾸로 흘러가는 것 같은 착각에 빠져 있었다.

히가시신주쿠의 괴물 모형은 4년 전부터 홀로그램으로 바뀌어 2시간 간격으로 호텔 근처를 왔다 갔다 하는 영상이 나온다는 뉴스 영상을 본 적이 있었다. 호텔에 있던 괴물 방도 자연히 없어졌다고 했다.

'어째서 당연히 괴물이 모형일 거라고 생각한 거지.'

괴물의 눈이 보이는 호텔방을 언제 들어갔더라. 아무리 생각해도 그런 적이 없건만, 리나는 창문으로 공룡 눈이 그녀를 들여다보는 장면이 자꾸 떠올랐다. 세 살 때 교토로 간 뒤로는 도쿄에 온 적이 없었다. 그렇게 알고 있었다. 대학을 다닐 때도 마찬가지였다. 오사카는 가봤지만 도쿄까지 온 일이 없었다. 기억이 과거 어딘가에서 엉킨 것 같아 가슴이 답답해졌다.

스카이 카가 어느새 신주쿠 공중 경로로 접어들었다. 방금 라디오에서 나온 것처럼 히가시신주쿠 호텔 주변을 괴물 홀로그램이 돌아다니며 고개를 흔들고 있었다. 리나는 속이 미식거렸다. 그 유명한 히가시신주쿠의 하나미치도리도 보였다. '가부키초' 간판이 붙은 다음 골목 초입에 9층짜리 이자카야 건물이 눈에 확 들어왔다. 일본 애니메이션에서나 봤던 옛 유곽 모습이 묘하게 기괴했다. 마치 예전에 그 자리에 다른 게 있었다는 걸 아는 느낌이 들었다. 리나의 왼쪽 귀 뒤의 통증이 심해졌다. 이명도 들렸다. 하나미치도리에서 히가시신주쿠역으로 가는 횡단보도들이 모두 초록색으로 변했다. 사람들이 일제히 길을 건너기 시작했다. 리나의 머릿속에 어린 자신이 엄마 손을 잡고 길을 건너는 모습이 떠올랐다. 옆에는 엄마 친구로 보이는 아주머니와 다른 여자아이도 있었다. 리나는 심해지는 매슥거림을 간신히 참아내고 차를 서쪽으로 틀어 경로를 이동했다.

차가 니시신주쿠 오피스가의 유료 스카이 카 주차장에 섰다. 리나는 차에서 도망치듯 내려 땅바닥에 무릎을 꿇고 주저앉았다. 욱, 하고 구역질이 몰려왔다. 구역질을 가까스로 참은 리나는 잠시 숨을 몰아쉬었다.

'이자카야 건물은 원래 쇼핑몰이었어.'

리나의 눈에 눈물이 그렁그렁 차올랐다.

'나는 어릴 때 여기 온 적이 있어.'

더 이상 참을 수가 없었다. 리나는 결국 구토를 하고 말았다.

*

여섯 살 리나의 이름은 김린이었다. 린은 엄마와 도쿄에 여행을 와서 엄마 친구 가족과 지냈다. 그 집에는 린보다 두 살 많은 여자아이가 있었다. 린은 하루 종일 놀러 다니고 난 후, 밤이면 아빠와 영상통화를 했다.

도쿄에 놀러 온 지 4일째 되던 날은 괴물 모형이 있는 호텔에 머물렀다. 엄마 친구가 경쟁이 치열한 괴물 방을 예약해주었다. 그날도 린은 창밖으로 보이는 괴물의 눈을 보며 아빠에게 전화를 걸었다. 이상하게 그날따라 통화 연결이 안 됐다. 엄마가 다시 걸어보았지만 마찬가지였다. 잠시 후 린에게 엄마가 아빠한테서 바쁘다는 문자가 왔다고 알렸다. 린은 조금 섭섭했지만 다음 날 아빠와 통화할 생각을 하며 잠들었다.

다음 날이 도쿄에서의 마지막 날이었다. 엄마와 엄마 친구, 여자아이와 함께 점심을 먹은 후 히가시신주쿠로 돌아오는 길이었다. 호텔로 가기 전 히가시신주쿠에 있는 쇼핑몰에 가자는 말이 나왔다. 네 사람은 쇼핑몰 바로 건너편 횡단보도에서 신호를 기다렸다. 왼쪽 대각선으로 요란한 '가부키초' 간판이 보였다. 신호가 바뀌고 린이 엄마 손을 잡고 횡단보도를 건널 때였다. 엄마 핸드폰 진동이 울렸다. 고모한테서 온 영상 통화였다. 길을 건넌 후 엄마가 통화를 연결했다. 린이 고모를 보겠다며 엄마 팔에 매달렸다. 엄마가 린이 핸드폰 화면을 볼 수 있도록 자세를 낮췄다.

화면 속의 고모는 울고 있었다. 고모는 울면서 아빠가 죽었을지도 모른다는 소식을 전했다. 놀란 엄마가 린을 떼어내고 통화하려고 할 때였다.

핸드폰 화면 속의 고모 얼굴이 뒤집히더니 목이 꺾였다. 엄마는 화면을 보며 비명을 질렀고, 린은 그 자리에서 얼어붙었다. 엄마는 오열하며 여기저기 연락을 했고, 엄마 친구는 린과 자신의 딸을 양팔로 안은 채 엄마를 안타깝게 지켜보았다. 이 윽고 엄마가 오더니 린을 끌어안고 통곡했다.

"어떡해, 린 아빠. 어떡해⋯⋯."

엄마의 울부짖음을 듣던 린은 정신을 잃었다.

아버지 인만은 질병청 관리국 바이러스 연구소에서 인공 변이 바이러스가 유출되는 사고로 목숨을 잃었다. 고모는 아 빠 소식을 듣고 급하게 가다가 교통사고로 세상을 떠났다.

그 후 린의 기억에서 네 살부터 여섯 살까지의 시간이 사라 졌다. 은경은 린의 해마 일부분에 자극을 주는 수술을 결정했 다. 심한 충격을 받은 린이 정상적인 생활을 할 수 없었기에 결단한 일이었다.

린은 배리나가 되어 교토에서 어린 시절을 보냈다. 왼쪽 귀 뒷부분에 메스를 댄 수술의 경과를 보기 위함도 있었다. 리나 는 아빠가 불의의 사고로 돌아가셨다고 알고 있었다. 하지만 리나가 커가면서 세상이 아빠의 죽음에 대해 이상한 말을 한 다는 걸 알게 됐다. 있지도 않은 일이 사실이 되어 있었다. 간 혹 개인 방송을 하는 사람들이 리나네 집을 알아내서 불시에 찾아오는 일도 있었다. 그때마다 리나와 엄마는 이사를 갔고, 외가댁의 도움을 받으며 쥐 죽은 듯 살았다. 엄마는 연주회를 일체 하지 않고 학생들 가르치는 일만 했다. 절대 존재감을 드러내지 않았다.

리나가 미국 요원의 정보원이 된 건 2년 전이었다. 바이러스 박사가 되겠다고 결심했던 건 인만의 죽음에 대한 의혹이 바이러스 정보 유출 때문이라는 걸 알게 됐기 때문이었다. 인만이 스파이라는 음모론을 볼 때마다 속이 뒤집혔다. 리나에게 세상은 카더라식의 소문만 있고 사실은 없는 곳이었다. 그래서 사실을 알아내기로 마음먹었다. 미국의 정보기관 요원이 정보원 제안을 해 왔을 때, 리나는 조건을 걸었다. 적절한 때에 아버지에 대한 정보를 달라고. 진실을 밝혀달라고. 데이비드 피셔 요원은 그러겠다고 했다. 단, 적절한 때는 자신들이 정하겠다는 말도 덧붙였다.

기억이 정리됐다. 리나는 스카이 카에 등을 대고 바닥에 앉아 있었다. 리나의 의식이 차츰 현실로 돌아왔다. 아버지는 인공 변이 바이러스 개발에 관여했을지도 모른다. 어쩌면 그걸 다른 나라에 넘겼을지도 모른다. 하지만 아닐지도 모른다. 확실한 건 아무것도 없다.

리나는 있는 힘을 다해 자리에서 일어났다. 크게 천천히 심호흡을 하며 스카이 카에 올라탔다.

'먼저 이 일을 해내야 한다. 내가 주도권을 잡고 요구해야

한다. 미국이 됐든 한국이 됐든. 그리고 진실을 알아야 한다. 나를 위해서도, 엄마를 위해서도.'

어느새 공중 경로의 차량이 많이 적어졌다. 리나는 스카이 카의 시동 버튼을 눌러 오차노미즈로 향했다.

*

임태호의 안드로이드는 한국 기업이 아닌 EU에서 만든 신형이었다. K-안드로이드 못지않게 사람과 흡사하고 어색함이 없다는 장점이 있지만, 이번 경우처럼 완전히 방전이 되고 난 후에 다시 기동하려면 본사 공장에 가서 충전해야 된다는 불편함이 있었다. 한 가지 특이점은 한국이나 미국, 일본에서 만든 안드로이드보다 동선 이동과 감정 표현에 대한 기록이 세세하게 남는다는 것이었다. 임태호 안드로이드는 자폭한 거나 다름없어서 수리가 불가능할 것 같다고 했다. 어차피 필요한 건 임태호의 메모리였다. 한은 선우에게 임태호의 메모리를 넘겼다. 선우가 메모리를 컴퓨터에 업로드해서 영상을 확인했다.

"임태호가 연구소에 마지막 출근을 하기 전에 간 데가 우암산이에요. 밀폐 박스를 정자에 숨겨놓고 왔는데요."

시간상으로 봤을 때 이미 그 박스는 누군가 가져갔을 것 같았다. 우암산에 가기 전에 확인해야 했다. 헛걸음질할 시간적 여유가 없었다.

"혹시 은정욱이 그 주변을 가지는 않았는지 알아봐."

한의 말에 선우가 AI 오시리스에게 은정욱이 CCTV에 잡힌 게 있는지 검색하라고 명령했다. 선우는 학습 능력이 굉장히 빠른 안드로이드다. 한은 새삼 선우라는 안드로이드에게 감탄했다. 사람이라면 마음 놓고 칭찬했을 텐데. 그런 생각을 하며 홀로그램 핸드폰을 꺼내 손바닥 위에 놓고 본인인증을 했다. 곧 혁진의 모습이 작은 액정에 드러났다.

"차장님, 도난 샘플을 연구소 소장이 유출한 것 같습니다."

"연구소 소장이면 임태호? 조사팀에서는 그런 낌새는 눈치 못 챈 것 같던데."

"안드로이드입니다. 다시는 못 쓸 것 같지만요."

혁진은 몇 초간 침묵하더니 짧게 탄식했다.

"하, 참……."

임태호가 안드로이드였다는 게 꽤 충격인 듯했다. 혁진은 한에게 일을 마무리하라고 지시한 후 연결을 끊었다. 오시리스가 모으는 검색 영상을 열심히 분석하던 선우가 다른 스크린에 뜨는 자료를 보더니 한을 불렀다.

"요원님, 저번에 연구소 직원들 조사한 것 큰 문제 없다고 했었잖아요. 임태호가 완벽하게 속인 걸 보고 다시 조사하는 중이었는데, 몇몇을 조금 더 파볼 필요가 있다고 나오네요."

"특수실험부 직원도 있어?"

"네, 조금 더 확실해지면 말씀드릴게요. 아무것도 아닐 수 있으니까요."

오시리스가 검색 결과가 나왔다며 메인 스크린에 화면을 띄웠다. 검은색 옷에 검은색 배낭을 멘 남자. 은정욱이었다.

"오시리스가 계속 영상을 모으고 있어요. 새벽에 우암산에 갔었고, 지금은……."

선우는 빠르게 키보드를 두드리더니 다른 화면을 띄웠다.

"서울 중구에 있는데요. 이동 중이에요."

왜 거기지? 은정욱의 의도를 파악해야 했다.

"내일은 고양이와 비둘기가 만나는 날이야. 그건 파주에 있는 자유의 집에서 하는 거고. 중구에는 왜 갔지?"

예감이 좋지 않았다. 한은 마른세수를 하며 좁은 공간을 왔다 갔다 했다.

"잠깐, 내일 만남 전에 다른 일정은 없나? 세이, 일정 체크 좀 해봐."

한의 손목시계에서 은빛 소용돌이가 움직였다.

"VIP에게는 없는데요. 잠깐만요, 오늘 밤에 VIP 말고 정부 고위 관계자들이 외국 정부 대표들하고 만나요. 서울 호텔에서요."

서울 호텔은 중구에 있다. 은정욱이 중구에 있는 것과 무관하지 않을 거다.

"은정욱은 파주가 목표 아닌가요?"

"서울 호텔에서 만나야 할 사람이 있는 거야. 은정욱 오늘 동선 계속 나한테 알려줘."

한은 선우의 말에 답하며 바로 밖으로 튀어나갔다.

사주한 이들과 접촉할지도 모른다. 그리고 한국뿐 아니라 외국 정부 대표들도 노릴 가능성이 있었다. 은정욱을 막아야만 했다.

바이러스 샘플

"9월 15일, 내일 방문 예정이셨는데 오늘로 바뀌어서 혹시라도 배리나 씨를 불편하게 해드릴지 모르겠네요. 그 부분은 미리 양해의 말씀 구하겠습니다. 죄송합니다."

메델라 제약 회사의 일본 바이오 연구소 외부 담당 직원 가토 렌(加藤蓮)은 순하고 친근한 인상이었다. 리나보다 먼저 카페에 도착해 있던 그는, 리나가 갑자기 일정을 앞당겨서 자기들이 곤란해졌다는 말을 아주 상냥한 화법으로 돌려 말했다.

"사정이 생겨서 일찍 오게 돼 사전에 말씀드리지 못했습니다. 저도 예상하지 못했던 거라서요. 일정에 차질은 없는지, 아니면 제가 알아둘 게 있는지 말씀해주세요."

리나가 유창한 일본어로 막힘없이 말을 하자 가토의 눈이 잠시 커지더니 곧 안심하는 표정을 지었다. 소통하는 데는 전혀 문제가 없을 거라고 여긴 모양이었다. 일본에서 대학을 나왔다고 해도 이 정도로 잘할 거라고는 생각 못 한 것 같았다.

"저희가 연구소 소개를 VR로 진행하기 때문에 자리가 한정돼 있어요. 원래 오늘 배리나 씨 자리가 없던 걸 만들어서 조금 불편하실 수도 있는데요."

"그런 건 상관없어요. 저한테 중요한 건 연구원들과의 교류니까요."

그 후에는 잠시 이런저런 잡담을 나눴다. 연구소에 가기 전 서로에게 편해지기 위한 수순이었다.

연구소에 갈 시간이 가까워졌다. 리나는 자리에서 일어나기 전 가방을 맡기고 와도 되겠냐고 말했다. 보스턴 가방을 들고 들어가기에는 여러모로 거추장스러웠다. 가토는 아직 시간이 있으니 천천히 해도 된다며 편하게 다녀오라고 했다.

이곳 지하철역에는 아직 예전에 쓰던 물품 보관함이 있었다. 카드로도 결제가 되는 곳이었다. 보스턴 가방 안에는 카드가 아닌 현금이 들어 있었다. 되도록 개인정보를 남기지 말라는 뜻 같았다. 어차피 CCTV에 다 잡히기는 하지만 말이다. 리나는 보스턴 가방 안에서 여권과 현금, USB, 참치범 피규어를 꺼내 자신의 가방에 넣었다. 보스턴 가방은 이대로 두고 그냥 갈 생각이었다. 어차피 그들도 원하는 것만 받으면 다른 건 신경 쓰지 않을 터였다.

리나가 카페로 돌아오자 가토는 계산을 마치고 문 옆에 서 있었다. 저만치 우뚝 솟은 연구소 단지의 맨 앞 건물이 보였다. 20층 높이에 150평을 차지한 방탄유리 건물은 거만하고 차가워 보였다. 두 사람은 곧장 메델라 바이오 연구소로 향했다.

"이 다리는 무빙워크 설치를 안 했습니다. 예전 모습 그대로 보존하기 위해서요. 불편할 수는 있지만 잠깐 걷는 것도 나쁘지 않잖아요. 운동도 되고요. 다리를 건넌 다음에 다시 무빙워크를 타시죠."

가토는 훨씬 편하게 리나를 대했다. 가토는 예전 대학병원과 의과대학 등이 있던 자리에 바이오 연구 단지를 만들었다는 설명을 곁들였다. 마치 자기가 만들기라도 한 것처럼 뿌듯한 표정이었다.

"저 건물을 거쳐야만 바이오 연구 단지의 다른 곳으로 이동할 수 있어요. 보안을 한곳에서 해결하는 거죠. 바이오 연구 단지의 설계는 2020년대부터 시작해서……."

리나는 바이오 연구 단지의 설립 과정이나 역사에는 전혀 관심이 없었다. 얼른 몸수색을 마치고 들어가 바이러스를 들고 나올 생각뿐이었다. 둘은 다리를 건너 다시 무빙워크로 옮겨 탔다. 가토가 집안 자랑처럼 설명했던 거대한 건물은 가까이에서 보니 꽤나 위압적이었다.

'만약 V2026이 있다면 그건 어디 됐을까. 그런 바이러스는 일반 연구원들이 모르는 데 있을 텐데……. 나라면…….'

갑자기 리나의 머리 위에서 경고음이 들렸다. 그제야 리나는 현실로 돌아왔다. 리나는 건물 안 보안 검색대를 통과하는 중이었다. 코일 패널을 넣은 상앗빛의 두툼한 사각형 테두리가 리나를 둘러싸고 있었다.

당황한 가토가 연구소 안으로 들어가다가 다시 리나에게 뛰어왔다.

"배리나 씨."

가토는 곤란한 표정으로 리나에게 왼쪽으로 가라는 손짓을 했다.

"제가 왼쪽의 방문객 출입문으로 들어와야 된다고 말씀드렸는데요."

너무 골똘히 생각에 빠져 있다가 가토의 설명을 놓쳤다. 리나는 미안하다고 공손히 인사하고 밖으로 나와 왼쪽 문으로 다시 들어왔다. 불투명한 유리문이 열리고 사방 1미터쯤 되는 공간에서 양옆과 위에서 공기샤워가 쏟아졌다. 리나가 공기샤워를 마치자 안쪽 문이 열렸다. 역시 사방이 불투명한 좁은 복도였다. 거기서는 5분 정도에 걸쳐 리나를 스캔해서 생체 등록을 마쳤다. 그런 과정을 마치고 나니 복도의 문이 열렸다. 다시 검색대가 리나를 기다리고 있었다. 이번에도 검색대는 신경질적인 경고음을 울렸다. 아무 문제 없다는 걸 아는데도 긴장이 됐다.

"아, 그러고 보니 가방을 그대로 들고 들어오셨네요. 그거 잠깐 저 주시겠어요?"

가토가 리나의 가방을 두 손으로 받아 옆의 검사대로 가져갔다. 검사대에 있던 보안 직원이 리나를 향해 살짝 묵례하고는 가방 안의 물건을 꺼냈다. 여권, 현금, USB 케이스를 하나씩 체크하고 옆으로 밀어놓은 보안 직원은 참치범 피규어를 한참 들여다보았다. 가토가 옆에 다가가서 살펴보더니 보안 직원에게 설명했다.

"이거 프로젝터 기능이 장착되어 있는 거예요. 한 20년 전쯤 나온 건데, 요새는 구하기 쉽지 않죠. USB 연결하면 바로 볼 수 있어요."

가토는 리나에게 자신도 참치범 팬이라며 어떻게 이걸 구했느냐며 부러워하는 눈치였다. 리나는 어색하게 웃어 보였다. 리나도 이 피규어 안에 프로젝트 기능이 있다는 건 전혀 모르는 사실이었다. 가토는 순순히 리나를 방호복 갈아입는 곳으로 안내했다. 두 사람은 하얀색 방호복을 입고 하얀색 마스크를 썼다. 리나에게는 생체 기록이 담긴 등록카드가 주어졌다. 등록카드에는 'GUEST'라고 적혀 있었다.

"자, 이제부터 본격적으로 저희 연구소를 소개해드리겠습니다. 오전에 소개 일정이 끝나면 점심 식사 후 본격적으로 연구원들과 교류하실 겁니다."

가토는 1층의 홍보용으로 만든 메델라 제약 회사 역사관과 2층의 일반 실험실을 안내하며 열심히 설명했다. 가토의 설명을 듣는 둥 마는 둥 하며 지나가던 리나의 시선을 사로잡는 게 있었다. 현재 메델라 제약 일본 바이오 연구소 소장인 스기모토 유나. 별장에서 가져온 사진 속에 있던 사람이었다. 하얀 연구원 가운을 입고 인만 옆에 서 있던 여자였다. 나이가 들어 조금 살이 찌고 머리 모양이 달라졌지만 분명했다.

'아빠는 메델라와 같이 뭘 한 거지? 백신 개발? 인공 변이 바이러스 개발?'

가토가 스기모토 유나 홀로그램에 정신이 팔린 리나를 불렀다.

"배리나 씨?"

"저희 소장님도 여기 연구원 출신이에요. 배리나 씨처럼 유능했다고 하네요. 멋있죠. 배리나 씨도 이렇게 될 수 있습니다."

가토가 리나를 추켜세우는 척 주제넘는 격려를 하더니 2층으로 가자며 앞서갔다. 가토의 뒷모습이 의기양양해 보였다. 리나가 자기네 연구소 소장을 동경한다고 믿는 눈치였다. 리나는 자신의 장래보다 아버지가 메델라와 어떤 관계인지가 더 궁금했다. 그걸 알 수 없다는 게 답답할 따름이었다.

2층의 일반 실험실은 마치 물건을 깔끔하게 진열해놓은 핸드폰 매장 같은 느낌이 들었다. 딱 봐도 외부 사람들에게 보여주기 위한 장소였지만, 가토는 실제로 대단한 실험을 하고 있는 것처럼 과장했다.

리나는 적당히 가토의 말에 호응을 하며 듣는 둥 마는 둥 했다. 홍보용 실험실 투어를 마친 후 가토의 뒤를 따라가던 리나는 복도 맞은편의 3층 에스컬레이터를 발견했다. 파란색 방호복을 입고 파란색 마스크를 쓴 사람들이 줄지어 올라가고 있었다.

"저 파란색 방호복을 입은 사람들은 뭔가요?"

"특수실험부 연구원들입니다. 그중에서도 아주 특별한 일을 하는 분들이죠."

"예를 들면요? 인공 변이 연구도 포함되나요?"

리나의 말에 가토의 동공이 흔들렸다.

"어제였나요? 한국에서 변형 엔하임 환자가 집단으로 발생했다죠. 한국 정부가 발 빠르게 저희에게 백신을 사겠다고 연락했습니다. 오늘은 계약한다고 들었어요. 그런 중요한 백신 연구를 하는 곳입니다."

가토는 싱긋 웃더니 이제 다음 차례로 가자며 리나를 앞서 보냈다. 가토는 자신의 몸으로 맞은편 에스컬레이터를 가리고 섰다. 한국 공공기관의 바이러스 연구사가 왔음에도 정작 중요한 실험실은 보여주지 않겠다는 의미였다.

'미나미 메이가 저 중에 있을 것 같은데.'

리나는 가토의 어깨 너머로 3층으로 가는 길을 유심히 보았다. 가토는 리나가 다른 데 주의를 두지 못하도록 계속 홀로그램 사진들을 띄우며 이런저런 설명을 했다. 얼마나 뛰어난 백신과 치료 약을 만드는지 자랑하는 내용 일색이었다. 그렇게 걷다가 도착한 곳은 작은 회의실이었다.

'여기구나.'

리나는 가슴이 두근거렸다. 가토가 자신의 직원 카드를 문고리에 댔다. 문이 열리자 먼저 와 있던 사람들이 가토와 리나를 돌아봤다. 모두 7명이었다. 다들 리나처럼 'GUEST' 카드가 달린 하얀색 방호복을 입고 있었다.

"오늘 마지막 순서로 여기서 10분간 저희 메델라 제약 회사, 그리고 메델라 바이오 연구소가 난치병 치료에 얼마나 많은 기여를 하고 있는지 보시겠습니다. 저희의 인류 건강에 대한 사명감에 동의하신다면, 앞으로 저희가 만들어갈 미래에 함께하셔도 좋겠습니다."

리나는 출입문에서 가장 가까운 곳에 자리를 잡았다. 가토가 설명을 이어갔다.

"오늘은 일반 영상이 아니라 VR 홍보 영상입니다. 각자 책상 위에 있는 VR 안경을 착용해주시면 감사하겠습니다."

가토는 여기까지 말을 마치고 리나에게 좋은 시간 되라며 인사하고 나갔다. 가토가 나간 후 바로 회의실 안의 불이 꺼졌다. 곧 VR용 안내 음성과 배경음악이 크게 울렸다.

"인류의 건강을 책임지는 세계적인 기업, 메델라의 일본 바이오 연구소에 오신 여러분을 환영합니다."

회의실 안의 사람들이 VR 안경을 착용하는 게 보였다. 리나는 VR 안경을 착용하는 척하다가 재빨리 벗었다. VR 안경을 책상 밑에 살그머니 내려놓고는 바로 문을 열고 나왔다.

리나는 가토와 왔던 길을 되짚어 돌아가다가 한 실험실에서 나오는 사람을 발견했다. 얼른 벽 뒤에 몸을 숨겨 그 사람이 지나가기를 기다렸다. 그 사람이 휴게실로 들어가자 바로 나와서 복도를 지나갔다. 각 실험실 앞에는 디지털 표지판에 연구원들 이름이 나와 있었다. 가토가 홀로그램 사진을 띄웠던 복도를 다 지나고 나와 왼쪽으로 돌자, 파란색 방호복을 입은 연구원들이 올라갔던 에스컬레이터가 보였다. 리나는 최대한 침착하고 자연스럽게 복도를 지났다. 통유리로 된 사무실과 실험실 안에 있는 사람들은 지나가는 리나에게 눈길조차 주지 않았다. 복도를 지나 3층으로 올라가는 에스컬레이터에 자연스럽게 올라탔다. 심장박동이 아까보다 더 크게 들렸다. 3층 계단 끝에는 바로 출입문이 있었다. 그곳에도 실험실 직원들 이름이 나온 디지털 표지판 세 개가 나란히 있었다. 계단을 올라와 출입문 앞에 선 리나는 표지판 이름을 훑어보았다. '특수 제2실험실' 표지판에 '미나미 메이'가 있었다. 리나는 그 표지판 옆의 호출 벨을 눌렀다. 자신의 손이 떨리는 게 보였다. 바로 "특수 제2실험실입니다. 어디서 오셨습니까?"라는 정중한 일본어가 들렸다. 남자 목소리였다.

"미나미 메이 연구원과 약속이 있어요."

그다음은 무슨 말을 해야 좋을지 몰랐다. 여기까지 올라오는 것만 생각하느라 다른 건 생각하지 못했다. 머릿속이 새하얘지고 가벼운 구토 증세가 올라왔다. 그때 여자 목소리가 들렸다.

"저 대신 서울 학회 참석하실 분들이 오기로 했어요. 제 발표 자료를 받으러 오신 거예요."

'분들'이라고 했다. 리나만 만나는 게 아닌 걸까. 리나의 머리가 빠르게 돌아갔다. 국정원에서는 갑자기 리나에게 여기에 있는 자료를 받아 오라고 했다. 미국 정보원인 것을 알고 나서였다. 미국에서 한국에게도 같은 자료를 공유하겠다고 했을지 모른다.

"제가 대표로 전부 받아 가면 돼요."

일단 질러보기로 했다. 미나미 메이는 말이 없었다. 리나의 가슴이 더 쿵쿵 뛰었다. 숨을 크게 들이마셨다. 지금 떨고 있다는 것을 들켜서는 안 됐기에 힘을 주어 말했다.

"미나미 씨, 저한테 다 주시면 돼요."

"그래요? 잠깐만 기다려주세요. 곧 나갈게요."

미나미가 조금 전과 다름없는 목소리로 말했다. 그래도 안심해서는 안 됐다.

2분쯤 지나자 출입문이 열리고 파란색 방호복을 입은 여자가 검은색 유심칩 보호용 케이스를 들고 있었다. 깜찍하고 야무진 눈동자를 가진 여자, 미나미였다. 유심칩 보호용 케이스는 손안에 쏙 들어오는 크기였다.

"같이 내려갈까요?"

미나미가 앞장서서 내려가는 에스컬레이터에 올라탔다. 리나도 얼른 미나미 옆으로 갔다.

"거기에 미국에서 오신 분 것까지 두 개 들어 있어요."

리나는 미나미가 건네는 유심칩 보호용 케이스를 받지 않고 주변을 살폈다.

"차라리 여기가 더 나아요. 3층 에스컬레이터는 거의 확인을 안 하거든요. 어차피 저 앞에서는 아무나 못 들어가니까요."

그제야 리나는 케이스를 넘겨받았다. 구형 이어폰 케이스 정도 되는 무게였다.

"뜻대로 잘되시길 바랄게요."

미나미가 의미심장한 미소를 지으며 말했다. 에스컬레이터는 2층 복도에 두 사람을 내려놓았다. 미나미가 올라가는 에스컬레이터로 바꿔 타려는데 리나가 물었다. 모험이라도 해보자는 심산이었다.

"혹시 파일 내용의 실물을 볼 수 있는 곳이 있을까요?"

미나미가 그대로 멈춰 섰다. 리나는 미나미가 어떻게 나올지 모르고 질러본 말이었다. 리나는 마른침을 삼키며 마음속으로 간절하게 빌었다.

'제발 이대로 가버리지 마.'

이윽고 미나미가 리나를 향해 몸을 돌렸다.

"제가 입구까지 안내해드릴게요."

미나미가 먼저 하행 에스컬레이터에 올라탔다. 리나가 얼른 미나미 뒤에 따라붙었다. 말없이 에스컬레이터를 타던 미나미는 리나와 나란히 걸으며 리나가 들어온 입구의 정반대쪽으로 향했다. 두 사람 다 아무 말도 하지 않았다. 침묵 속에서 둘은 넓은 1층 로비를 계속 걸었다.

카페와 식당 등 휴게시설이 있는 곳을 지나 '가상 실험실 단지'라는 표지판이 나온 쪽을 향했다. 복도가 점점 어두워졌고 지나다니는 사람도 없었다. 미나미가 멈춰 서더니 앞을 가리켰다.

"저기가 북문이에요. 거기로 나간 다음 쭉 올라가서 '유시마문'으로 나가세요. 교수 전용 출입문이에요. 대각선으로 보이는 곳에 작은 회색 건물이 있어요. 간호 전문학교 간판이 붙어 있을 거예요. 거기 지하 1층 제3보관소예요."

리나는 아무것도 묻지 않는 미나미에게 무슨 말이라도 해야 할 것 같았다. 이 일에 대해 한국 정부가, 아니 무엇보다 자신이 고마워한다고 말하고 싶었다. 미나미는 리나가 미처 입을 열기도 전에 리나를 보며 싱긋 웃었다.

"9월 10일에 저와 함께 일하던 연구원이 세상을 떠났어요. 히가시신주쿠에 갔다가 불법 총기 소지자한테 당했다고 하더군요."

리나는 모르는 이야기였지만 죽었다는 연구원은 미나미에

게 중요한 사람인 듯했다.

"이걸로 그녀의 죽음이 헛되지 않았으면 해서요."

미나미의 눈빛은 진심이었다. 리나는 함부로 입에 발린 말을 할 수 없어 그저 가만히 있었다. 미나미가 말을 이었다.

"저희 연구소에서는 이미 샘플의 검증이 끝났어요. 전 누구든 먼저 오는 사람에게 요구하시는 걸 드리기로 했고요. 제가할 수 있는 일은 다 했네요. 행운을 빌게요."

왔던 길을 되돌아가는 미나미를 보며 리나는 속으로 고맙다는 인사를 했다.

누가 오기 전에 얼른 빠져나가야 했다. 리나는 북문을 나와 오르막길로 들어섰다. 연구소 단지 안에는 무빙워크가 깔려있지 않았다. 최대한 빠른 걸음으로 유시마 문을 향해 걸어갔다. 유시마 문 근처에는 국립대학 이공계과 건물이 있었다. 한국으로 치면 산학 협력을 하는 모양새였다. 몇몇 사람들이 유시마 문을 드나드는 게 보였다. 얼른 케이스를 가방에 넣고 나가며 앞에서 오는 나이 지긋한 남자에게 꾸벅 인사를 했다.

"수고 많으십니다."

"아, 오늘 논문 발표 있는 날인가. 수고해요."

남자는 다른 사람하고 리나를 착각했는지, 아니면 자기가 아는 연구원들 중 하나라고 생각했는지 알은척을 하며 인사했다. 남자의 겉치레가 리나에게 도움이 됐다. 리나는 경비실의 제재를 받지 않고 무사히 유시마 문을 통과했다.

리나는 이래서 여기로 나가라고 했구나, 싶었다. 경비 직원들은 대학원생이라고 여기면 검색대를 지나지 않아도 잡지 않았다. 유시마 문을 나가 오른쪽으로 조금 걷다 보니 사거리가 나왔다. 대각선으로 미나미가 말한 간호 전문학교 건물이 보였다. 거대한 바이오 연구소 단지에서 가장 작고 초라한 건물이었다. 신호를 기다리며 안에 들어가서 어떻게 샘플을 가져와야 할지 생각했다. 머릿속에 여기서 만난 사람들이 떠올랐다. 가토, 미나미, 직접 만난 건 아니지만 스기모토까지.

신호가 바뀌었다. 여기까지 와서 물러설 수는 없었다. 리나는 미국보다, 국정원보다 뭐 하나라도 더 손에 넣어야 했다. 건물 앞에 가자 경비 직원이 리나를 먼저 보고 앞으로 나왔다.

"스기모토 씨랑 여기서 만나기로 했어요. 샘플 때문에요. 전 한국 질병청에서 나왔어요."

당당하게 게스트 등록카드를 보여주며 말하니 경비 직원은 공손히 리나를 맞았다. 스캐너로 게스트 등록카드를 스캔해 신상 정보를 확인한 직원은 별 의심 없이 리나를 들여보내 주었다. 연구소 입구에 들어오는 것은 어려워도 단지 내에서는 까다롭게 굴지 않는 모습이었다.

좁은 1층 내부는 엘리베이터와 비상계단으로 가는 철문 외에는 별게 없었다. 지하 1층으로 가기 위해 버튼을 누르고 기다리니 엘리베이터가 도착했다. 문이 열리고 안에 탔던 남자가 먼저 내렸다. 그에게 고개를 살짝 숙인 후 올라타는데, 남자가 리나를 돌아보았다. 리나는 재빨리 문을 닫았다. 어디선가 본 것 같았는데 생각이 나지 않았다. 학회에서 만난 사람일까. 어쨌든 그가 리나를 알아봤다고 해도, 리나는 경비 직원에게 말했던 것처럼 하면 될 것이다.

엘리베이터가 지하 1층에 도착했다. 유리문 안쪽에 거대한 캡슐들이 2열로 네 개가 자리 잡고 있었다. 뚜껑 위에 순서대로 1, 2, 3, 4 숫자가 적혀 있는 걸 보니, 미나미가 말한 보관소가 캡슐인 것 같았다.

유리문 옆에는 보관소의 온도계가 내부 온도인 영하 4도를 나타내고 있었다. 옆의 아이보리색 자동문이 열리더니 노란색 방호복에 방독면을 쓴 사람이 나왔다. 가슴에는 사카이 미호라는 이름 카드가 붙어 있었다.

"어떻게 오셨어요?"

"스기모토 씨를 기다리는데요."

"스기모토 씨……. 소장님이요?"

리나가 끄덕이자 사카이는 갸웃하더니 잠시만 기다리라며

돌아섰다. 그 틈을 노려 리나는 뒤에서 사카이의 목을 꽉 잡고 사무실 안으로 들어갔다. 놀라서 발버둥을 치는 사카이의 방독면을 억지로 벗긴 후 경동맥을 압박했다. 사카이가 몸부림 치는 것을 보니 자신의 목이 욱신거렸지만 어쩔 수 없었다. 잠시 후 사카이의 움직임이 멈췄다. 기절한 것이다. 리나는 얼른 사카이의 옷으로 갈아입고 방독면을 쓴 다음 가방을 챙겼다.

*

사카이의 카드로 보관소에 들어온 리나는 미나미가 말한 제3보관소, 3번 캡슐의 뚜껑까지 열었다. 사카이의 카드를 뚜껑의 액정 화면에 댔더니 그녀의 생체 정보가 뜨면서 거대한 뚜껑이 천천히 열렸다. 안에는 일곱 개의 직경 10센티 정도 되는 동그란 티타늄 박스가 들어 있었다. 각각의 바이러스명을 읽던 리나는 오른쪽 끝에 'V2026-K'라고 표기된 박스를 찾아냈다.

'이거다.'

리나가 V2026으로 손을 가져갔다. 아드레날린 때문에 온몸이 터지는 느낌이 들었다.

'됐다.'

눈물이 나올 것만 같았다. 캡슐 뚜껑이 미처 다 닫히기도 전에 뒤로 돌아 보관소를 나왔다. 해냈다. 이제 돌아가기만 하면 된다. 여기서 얼른 벗어나자.

보관소 바로 앞에서 방독면을 벗어 던진 리나가 막 방호복도 벗으려 할 때였다.

"나를 여기서 만난다고 했다던데요."

중년 여성의 차가운 목소리가 뒤에서 들렸다. 목소리의 주인공이 리나의 어깨를 잡아 자기 쪽으로 홱 돌려세웠다. 연구원 가운을 입은 통통한 여자. 스기모토 유나였다. 그 뒤로 조금 전에 엘리베이터에서 내린 남자가 보였다. 그제야 그 남자가 누군지 기억났다.

"설마……."

남자가 피식 웃었다. 바이오 샘플 센터에서 샘플을 관리하던 사람이었다. 석 달 전 쯤 리나가 아프리카 열병 샘플을 건네줬던 그 남자였다.

남자가 리나를 잘 알고 있는 것처럼 말했다.

"배리나 씨가 여기 있다니 이상하네요."

"당신이 서랍에서 샘플 빼돌리는 걸 도왔어? 전원을 끈 게 당신이야?"

남자의 이름표에는 'Kim'이라고만 적혀 있었다.

"더 알 필요 없고, 그거 이리 내요. 손에 든 거."

스기모토가 손바닥을 펴서 내밀었다. 정확히 리나가 오른손에 들고 있는 V2026을 가리키고 있었다. 리나는 그들이 지켜보는 앞에서 티타늄 박스를 가방에 넣고 오른쪽 어깨에 걸고 사선으로 맸다. 뒤에 경비 직원이 내려오는 것이 보였다. 보관소는 좁은 복도로 둘러싸여 있었고 리나의 뒤에는 비상구 철문만 있었다.

"넌 도망 못 쳐. 쓸데없이 힘 빼지 말고 그거 내놔."

스기모토가 경비 직원에게 고개로 신호를 줬다. 경비 직원이 리나에게 다가왔다. 리나는 옆에 있던 오래된 소화기를 들어 비상벨 버튼이 있는 유리 케이스를 깨뜨렸다.

곧 요란하게 비상벨이 울리며 붉은 불이 깜빡거렸다. 쿨러가 자동으로 작동하며 물이 쏟아져 내렸다. 다들 당황한 사이에 리나는 소화기를 경비 직원에게 집어 던지고는 철문으로 달려갔다. 문 옆에도 액정 화면이 있었다. 서둘러 사카이의 카드를 대자 철문이 듣기 싫은 소리를 내며 천천히 열렸다. 바로 뒤에 쫓아온 스기모토가 리나를 향해 손을 뻗었다. 목덜미를 잡힐 찰나 문이 열렸고 리나는 얼른 밖으로 뛰쳐나가 문을 있는 힘껏 닫았다. 그리고 가방 안에서 핸드폰을 찾은 후 귀 안에 붙인 소형 이어폰을 작동시켰다. 전화는 바로 한에게 연결됐다.

"배리나 씨?"

"그 선우라는 안드로이드, 도쿄 지하에 있는 길도 찾아줄 수 있어요?"

철문이 쿵쿵 울렸다. 안에서 문을 열려고 완력을 쓰는 모양이었다. 리나는 문에서 떨어져 달리기 시작했다.

"저 선우예요. 말씀하세요. 거기 주소가 어떻게 돼요?"

"여기 도쿄 메델라 바이오 연구소 단지 내 유시마 문으로 나와서 대각선에 있는 간호 전문학교 건물, 지하예요!"

뒤에서 스기모토가 따라오고 있었다. 경비 직원이나 Kim이라는 남자보다 더 빠르고 체력도 좋아 보였다. 지하실 끝까지 뛰어가니 둥근 환기구가 나왔다. 선우는 아직 말이 없었다. 아직 길을 찾고 있는 듯했다.

"환기구로 들어갑니다. 길 찾으면 바로 말해요!"

"잘됐어요. 거기 하수로로 가는 데예요. 일단 들어가세요."

환기구는 사람 하나가 겨우 통과할 정도의 크기였다. 리나가 벽에 붙은 철제 사다리를 타고 내려가니 시커먼 물이 퀴퀴한 냄새를 풍기며 흘러가고 있었다. 위에서 스기모토가 고개를 쑥 내밀었다. 리나는 어두운 데서 스기모토의 하얗게 화장한 얼굴을 보니 공포영화의 한 장면 같다고 느꼈다. 마침 선우가 길을 찾았다며 알려 왔다.

"거기서 오른쪽으로 쭉 뛰세요."

리나는 미친 듯이 달리기 시작했다. 발에 물컹한 게 밟히기도 했고 옆에서 시궁쥐가 같이 뛰기도 했지만, 그저 앞만 보고 달렸다.

"이제 곧 오른쪽에 통로가 나오는데 거기 그냥 지나쳐서 막다른 데 가서 왼쪽으로 꺾으세요."

곧 선우가 말한 오른쪽 통로가 저만치 보였다. 리나는 조금 더 속도를 냈다. 어서 이곳을 벗어나고 싶었다. 통로를 막 지나치려는데 누군가 튀어나오더니 리나를 수로로 밀쳐 넘어뜨렸다.

스기모토였다. 그녀가 씩씩거리며 오더니 리나의 가방끈을 붙잡고 무자비하게 잡아당겼다. 리나가 가방을 꽉 붙들고 스기모토의 배를 발로 차버렸다. 그녀는 엉덩방아를 찧으면서도 악착같이 끈을 잡고 놓지 않았다. 리나는 가방을 확 끌어당기며 자리에서 일어났다. 스기모토가 가방끈에 딸려 같이 일어났다. 리나가 그녀의 손을 이빨로 꽉 깨물었다. 그런데도 스기모토가 버티자, 리나는 눈 딱 감고 씹어 먹을 기세로 물어뜯었다. 우두둑하는 소리와 함께 비명 소리가 울렸다. 그 틈에 리나는 스기모토의 손을 쳐낸 후 가방을 품에 꼭 안고 뛰었다.

스기모토는 자기 손을 붙잡고 비틀거리며 쫓아왔다.

"아비나 딸이나! 그저 우리 하는 대로 두면 될걸!"

스기모토의 목소리가 하수로 안에 쩌렁쩌렁 울렸다. 달리던 리나가 멈춰 서서 스기모토를 돌아봤다. 그녀는 리나가 누군지 알고 있었다.

"우리 아빠가 뭘 어쨌다고?"

스기모토가 히죽 웃었다. 그때 그녀 옆에 있던 구멍으로 오물이 쏟아져 내려왔다.

"배리나 씨, 어디까지 갔어요? 왼쪽으로 꺾었어요?"

선우의 목소리가 들렸다. 지금껏 리나를 기다린 모양이었다. 스기모토에게 더 많은 이야기를 듣고 싶었지만, 그녀도 V2026을 회수하고 나면 아무 말도 하지 않을 것이다. 그러니까 지금은 여기서 나가는 게 중요하다고 리나는 생각했다. 리나는 다시 달리기 시작했다. 막다른 곳에서 왼쪽으로 꺾었다.

"이제 거기서 왼쪽의 두 번째 통로로 가세요…… 오른쪽이요…… 앞에 있는 사다리로 올라오세요."

리나는 선우가 말한 대로 사다리를 올라왔다. 머리 위로 맨홀 뚜껑이 있었다. 있는 힘을 다해 뚜껑을 밀었다. 손 여기저기에 녹슨 철물이 들며 쓰리고 아팠다. 위로 올라오니 오래된 성당 근처였다. 저만치 다리 너머로 메델라 바이오 연구소 단지가 보였다.

"나왔어요."

"차는 어디에 세워뒀어요? 찾을 수 있겠어요?"

리나는 선우의 말에 주변을 둘러보았다. 역 근처의 주차장이 보였다.

"고마워요. 돌아가서 봐요."

리나는 주차장을 향해 다시 달렸다. 숨이 턱밑까지 찼지만 그래도 달렸다.

추격

선우가 리나에게 도쿄의 지하도로를 가르쳐주는 동안 한은 강남 한복판을 주시하고 있었다. 서울의 오후는 어디나 복잡했다. 스카이 카에서 내려다보는 엑스몰역 주변 역시 사람들 머리가 들썩거리며 바쁘게 움직였다. 한 번씩 사람들이 무더기로 역 입구에서 쏟아져 나왔다가 뿔뿔이 흩어지기를 반복하는 것에 비해, 복합 쇼핑센터인 엑스몰과 전시장 건물을 가로지르는 마당은 유동 인구가 많지 않았다. 한의 스카이 카는 한강 근처의 택시 스카이 카 정거장을 만드는 공사장 주변을 천천히 맴돌고 있었다. 전에는 아담한 호텔이 있던 자리였다. 아직 한국에서 스카이 택시 허가가 난 건 아니지만, 정거장 완

공도 앞으로 2년은 족히 더 걸릴 테니 그 안에는 허가가 날 거라고 추측을 하고 있었다. 스카이 택시 정거장은 동북아가 하나의 블록이 됐을 때를 대비하려는 것이 분명했다. 그만큼 전세계의 블록화는 이제 불투명한 시나리오가 아닌, 구체적인 윤곽이 잡혀 현실로 다가오고 있었다.

'이런 때에 고양이랑 비둘기를 친다?'

불쾌할 정도로 의도가 투명하다고 한은 생각했다. 한국이 동북아 블록의 주도권을 잡는 게 싫은 나라는 꽤 있다. 임태호 안드로이드도 '세상 어떤 나라가 한반도가 이 이상 강해지기를 원하겠나'라고 하지 않았던가. 단, 심증만 있지 아직 물증이 없다. 바이러스 테러가 터져 국제적 이슈가 되면 나라는 큰 타격을 입는다.

중구에 있던 은정욱이 강남으로 옮겨 와 이 근처를 맴돌고 있었다. 한의 촉이 맞다면 전라도에서 일으킨 변형 엔하임 집단발생 같은 일이 또 생길지도 몰랐다. 한은 그걸 은정욱이 한 짓이라고 확신했다. 리나의 별장지기가 사라졌고 동시에 변형 엔하임이 퍼졌다. 그 후 별장지기는 시신으로 발견되었다. 은정욱의 동선과 맞아떨어졌다.

"현재 스코어 동점. 은정욱을 잡아야 내가 앞서는 거지."

한은 혼잣말을 중얼대며 다시 엑스몰과 전시장 사이의 광장으로 눈길을 돌렸다. 전시장에서는 세계 북페어가 열리고 있어 사람들로 꽤 북적거렸다. 그때 이어폰으로 선우의 목소리가 들렸다.

"배리나 씨는 도쿄 분쿄구와 치요다구를 벗어났어요. 공항으로 가는 중이에요."

리나가 무사히 빠져나왔다. 한도 은정욱을 확보 또는 수거해야 했다. 사람들이 출렁이는 광장의 영상이 눈앞을 어지럽혔다. 한은 홀로그램 영상을 2D 영상으로 변환했다. 은정욱이 이쪽으로 올 때를 대비해서 스카이 카의 공중 경로를 주시하는 데 은근히 방해가 됐다.

스카이 카들을 살피던 한의 시선이 무심코 아래로 향했을 때였다. 광장의 잔디를 가로지르는 남자가 보였다. 순간 위화감이 들어 모니터의 영상을 다시 홀로그램으로 바꾸어 찬찬히 살폈다.

"선우, 은정욱 핸드폰 위치 어디야?"

"강남 사거리 비체 카페로 나오는데요."

한이 검은 옷차림의 남자 홀로그램을 손가락으로 띄웠다. 남자의 홀로그램 주위에 금색 선이 생겼다. 남자는 광장의 잔디밭을 성큼성큼 걸어 전시장을 향하고 있었다. 남자가 메고 있던 배낭을 한쪽 손에 들더니 왼쪽 어깨를 주물거렸다.

"은정욱 여기 있어. 지금 광장 가로지르는 남자."

"어, 맞네요. 핸드폰을 두고 나온 거네요."

한은 서둘러 공중 경로에서 내려와 지상 주차장에 스카이 카를 세웠다. 앞 유리창 너머로 광장을 보니 은정욱은 이미 사라지고 없었다. 홀로그램 화면을 다시 띄웠다. 은정욱이 전시장으로 들어가고 있었다. 본능적인 긴장감이 한의 뒷목을 쭈뼛하게 만들었다.

뭔가 저지른다. 한은 오른손으로 허리춤의 총을 확인하며 메인보드의 안전벨트 해제 버튼을 눌렀다.

"요원님, 지금 긴장도가 너무 높은데요. 이렇게 나가면 노출되기 쉬워요."

세이의 말이 끝나기 무섭게 선우의 목소리가 귓속 이어폰에서 울렸다.

"은정욱이 다른 핸드폰으로 문자를 보내는 거 같아요. 추적해볼게요."

선우의 말이 채 끝나기도 전에 한은 용수철처럼 밖으로 튀어나갔다. 온몸의 감각이 극도로 예민해졌다.

한이 전시장으로 달려가며 말했다.

"추적했어?"

"전시장 1층에서 신호가 다시 끊어졌어요."

그 자식이 또 일을 벌일 게 분명하다. 한은 죽을힘을 다해
전시장으로 내달렸다.

한의 두 다리가 바람을 가르며 단숨에 엑스몰 앞 무빙워크
의 인파를 뚫고 계단을 단번에 뛰어 올라갔다. 1층 세계 북페
어 전시장은 수많은 사람이 끊임없이 드나드는 중이었다. 한
은 로비에 들어서자마자 걸음을 옮기며 주변을 재빨리 훑었
다. 심장박동수를 90까지 내리며 예민하게 지나가는 사람들
을 확인했다. 그렇게 전시장 입구까지 왔을 때, 한은 2층에서
이상한 낌새를 느꼈다. 에스컬레이터에 붉은 띠를 둘러 아예
막아놓은 상태였다. 슬쩍 올려다본 2층은 텅 비어 있었다.

'목표는 1층일 텐데 왜 2층에?'

한은 일단 1층 입구 옆에 서서 입장하는 사람들과 2층을 동
시에 살폈다. 1층에서는 이상한 기색이 없었다. 한의 신경이
자꾸만 2층으로 쏠렸다. 그러다가 순간 이상한 느낌이 들었다.
뒷골이 쭈뼛 당겨지는 살기였다.

한은 주변을 한번 쓱 보고는 사람들의 시선이 닿지 않을 때
멈춘 에스컬레이터의 가림막을 훌쩍 넘어 소리 없이 위로 올
라갔다.

문이 닫힌 전시장 앞은 조용했다. 한은 팽팽한 살기가 떠도
는 공간을 향해 조용히 걸음을 옮겼다. 안쪽에 위치한 티켓 판

매대 뒤편 청색 커튼이 살짝 흔들렸다. 아주 미미한 움직임이었지만 한의 손은 이미 허리춤의 얇은 소음 총을 빼서, 커튼 뒤의 남자가 걸음을 채 옮기기도 전에 왼쪽 어깨를 향해 방아쇠를 당겼다. 순식간의 일이었다. 커튼 뒤에서 짧은 신음 소리가 나는가 싶더니, 갑자기 커튼이 확 젖혀지며 숨어 있던 남자가 한을 향해 총부리를 겨눴다. 은정욱이었다.

한이 다시 총을 쐈다. 한의 총알보다 반박자 빠르게 총알이 날아왔다. 한이 반대 방향으로 몸을 날리며 한 바퀴 굴렀다. 바로 팔을 뻗어 은정욱의 왼쪽 어깨를 노렸다. 은정욱이 옆으로 피해 총알은 은정욱의 어깨를 스치고 지나갔다. 은정욱이 어깨를 붙잡으며 일본어로 욕설을 내뱉었다. 한이 다시 한번 그를 향해 총을 쐈다. 이번에도 은정욱이 아슬아슬하게 피했다. 총알이 커튼에 구멍을 뚫고 벽에 박혔다. 다시 한번 총알이 날아가 은정욱의 손에 있는 44 매그넘 총을 떨어뜨렸다. 총이 반대편인 2층 전시장 입구 앞까지 날아갔다.

"이 새끼가……."

은정욱이 이를 갈며 그대로 한을 향해 달려들었다. 한은 냉정하게 그의 왼쪽 무릎을 겨냥했다.

'오른쪽은 합금 다리.'

한은 리나의 아파트에서 몸싸움했을 때를 떠올리며 총을 발

사했다. 총알이 은정욱의 왼쪽 정강이에 박혔다. 은정욱은 악
소리도 내지 않고 한을 무식하게 들이받았다. 한이 그의 양 겨
드랑이를 들어 머리 뒤로 넘겨 버렸다. 묵직한 마찰음을 내며
떨어진 은정욱은 왼쪽 무릎을 잡고 모로 누워 꼼짝하지 않았
다. 한이 거친 숨을 몰아쉬며 그에게 다가갔다. 은정욱의 어깨
가 들썩거리고 있었다. 그는 앓는 듯이 기괴한 웃음소리를 냈
다. 그러더니 한을 향해 몸을 돌리며 검고 작은 공을 내보였다.

또 최루탄인가. 한은 반사적으로 얼굴을 양팔로 가리며 몸
을 웅크렸다. 한의 팔뚝 사이로 히죽 웃는 은정욱의 얼굴이 보
였다.

"발사."

은정욱은 작게 웃으며 1층을 향해 검은 공 두 개를 연이어
떨어뜨렸다. 검은 공들이 바닥에 닿자마자 통통 튀더니 팍 소
리를 내며 터졌다. 순식간에 연기가 1층과 2층을 뒤덮었다. 은
정욱이 절뚝거리며 도망가는 소리가 들렸다.

이번에는 그냥 못 보낸다. 한은 얼굴을 가린 채 그를 쫓아갔
다. 아래층에서 사람들이 비명을 지르는 소리가 들렸다.

"내 팔 왜 이래?"

"내 얼굴, 이거 뭐야!"

한 역시 가스에 노출된 팔뚝과 손이 타들어가는 느낌이 들

었다. 연기를 피해 벽에 붙어 서서 보니 팔뚝과 손등에 빨갛게 염증이 올라왔다. 1층에서 사람들이 벌써 119와 경찰을 부르고 있었다. 한은 귓속 이어폰을 눌러 선우를 불렀다.

"은정욱 위치 어디야?"

"지금 전시장을 막 빠져나왔어요. 지상 주차장으로 가고 있어요."

*

경찰과 119 구급대원들이 도착해서 엑스몰에 있던 사람들을 내보내며 한 사람 한 사람 몸을 살폈다. 최루가스에 섞인 성분은 포도상구균과 비슷한 종류로 추정됐다. 뉴스에서는 빠르게 염증을 일으키고 심한 통증을 동반한다고 나왔다. 변형 엔하임이 아닌 것이 다행인 걸까. 한은 스카이 카에서 뉴스를 들으며 은정욱의 이동경로를 따라가고 있었다. 전시장이 폐쇄됐다는 소식까지 들은 한은 뉴스를 끄고 정욱에게 집중했다. 그는 다시 중구로 이동하고 있었다. 중구 서울호텔은 현재 각국 주요 인사들이 도착하는 중이어서 경비가 삼엄한 상태였다. 한은 한국 정부 고위 관계자들과 미국, 일본, 중국 그리고 호주의 장관급 인사들의 만찬이 밤 7시부터 있을 예정임을 다시 확인했다. 현재까지 확인한 바로는 호텔 측이 만찬을 준비하고 서빙하는 직원들을 3개월 전부터 미리 뽑아서 매일 신원확인을 하고 있었다. 서울호텔과 건너편의 영원공원 주변은 어제 저녁부터 스카이 카는 운행 금지에다, 일반 차량도 일일이 운전면허증을 제시해야 통과할 수 있었다. 내일 오전에 있을 남북 정상회담의 전야제에 테러 첩보까지 있어 관계자 외에는 절대 들어갈 수 없는 상태였다. 은정욱이 서울호텔에 들어간다면 기자 신분을 이용할 가능성이 제일 높았다.

"요원님, 300미터 앞에 은정욱 스카이 카가 있어요."

한은 노골적으로 경로 위반을 하며 은정욱의 스카이 카 옆으로 바짝 다가갔다. 뒤에서 다른 스카이 카들이 경적을 울리자 은정욱이 놀라 옆을 쳐다봤다. 한과 눈이 마주친 은정욱이 미소를 지었다. 둥글고 커다란 눈이 악마처럼 느껴지는 건 처음이었다. 은정욱은 오른손으로 총 모양을 만들더니 한을 향해 쏘는 시늉을 했다. 한이 은정욱의 스카이 카 아래로 내려갔다. 맨 아래 경로와 중간 경로 사이의 공간이었다. 그러고는 시동 버튼을 눌러 은정욱의 스카이 카 아래를 들이받았다. 몇 차례 차가 출렁거리는가 싶더니 차체 위가 가벼워진 느낌이 들었다. 은정욱의 스카이 카가 위의 경로로 쑥 올라가버렸다. 맨 위 경로를 달리던 스카이 카들이 공중에서 서로 엉키며 아래로 떨어졌다. 그 바람에 중간 경로와 맨 아래 경로의 스카이카들까지 공중 충돌을 하며 대형 사고가 벌어졌다.

'실수했다. 오늘처럼 중요한 날 이런 대형 사고가 발생해서는 안 되는데.'

한은 정욱의 도발에 당했다는 것을 깨달았다.

은정욱의 스카이 카는 맨 위 경로에서 다시 중간 경로로 내려오며 한을 약 올리기라도 하듯 속도를 냈다. 선우가 은정욱의 차가 영원공원 옆 공영 주차장에 도착했다며, 그의 위치를 알려줬다. 한은 맨 위 경로에서 최대한 속도를 내 공영 주차장으로 향했다.

차에서 내린 한은 선우에게 은정욱의 위치를 추적해달라고 했다. 선우는 답이 없었다.

"선우, 무슨 일 있어?"

한이 재차 묻는데 세이의 은빛 소용돌이가 움직였다.

"잠깐만요, 요원님. 강남하고 경기도 남부 일대가 20분 전부터 정전이래요. 지금 선우도 오시리스도 전기를 낭비할 수 없어서 절전모드로 들어갔을 거예요."

"정전이라고? 그것도 수도권이?"

뭔가 수상했다. 한이 주변을 차분히 훑으며 천천히 걸었다.

"요원님, 기자 명단하고 각 신문사 기자 명단을 대조해보는 건 어떨까요?"

"소용없을걸. 어차피 누군가를 죽이고 그 자리에 들어갈 테니까."

그것보다 걸리는 건 강남하고 경기 남부 일대의 정전이었다. 갑자기 전기 사용량이 늘거나 전기 공사를 한다는 말도 없었는데 정전이라니, 한은 이상함을 느꼈다.

"뭔가 있는데."

한이 신경을 곤두세우고 주변을 계속 둘러보다가 걸음을 멈췄다.

'뒤.'

한은 자신의 차와 다른 차 사이로 몸을 굴려 피했다. 총알이 한의 왼쪽 어깨를 스쳐 지나갔다. 총알이 몸에 스친 게 올해 들어 두 번째였다. 한은 짜증이 올라왔지만 침착하게 허리춤에서 자신의 총을 꺼냈다.

"역시 빠르네. 대단해. 하긴 그 정도 실력은 돼야 내가 총 맞은 게 덜 억울하지. 신주쿠에서 처음 봤을 때부터 느꼈어. 보통 놈은 아니라고."

어색한 한국말. 은정욱의 목소리였다. 역시 히가시신주쿠에서 총알을 난사한 것도, 한에게 손을 흔들고 달아난 것도 그였다. 그때 죽은 정보원들이 떠오르자 한의 위장에서 울컥 뜨거운 게 치밀어 올랐다.

한은 숨을 가다듬고 침착하게 은정욱의 움직임을 파악했다. 절뚝거리는 발걸음이 한을 향해 다가오고 있었다.

"너, 내 동선 다 알아냈지? 내 고용주도 네가 과천에서 뭔가 한다는 것쯤은 알아낸 모양이야. 어디로 갔는지는 못 찾았지만. 그래서 내가……."

은정욱의 걸음이 멈췄다.

"전기를 끊어버리라고 했어."

말을 마침과 동시에 은정욱은 한을 향해 총알을 흩뿌리듯 난사했다. 한은 자신의 몸을 계속 굴려 주차된 차들 사이로 피해 들어갔다. 은정욱의 총은 히가시신주쿠의 가게를 습격했던 조용하고 무서운 기관총이었다. 소리 없는 총알들이 수많은 작은 점들을 만들며 차를 뚫고 나왔다. 계속 구르던 한의 몸이 차들 사이에서 나왔다. 14미터 앞에 은정욱이 있었다. 한이 곧바로 은정욱을 향해 총을 쐈다. 이번에는 은정욱도 간신히 총알을 피했다. 그가 다시 한을 돌아보기 전 한이 먼저 총을 쐈다. 은정욱의 손에 총알이 박혔다. 그는 총을 떨어뜨리며 뒤로 넘어졌다.

"이 새끼!"

은정욱이 이를 갈며 한의 앞으로 다가왔다. 총을 가진 사람

앞으로 저렇게 거침없이 다가오다니. 그는 무모해도 너무 무모했다. 아무리 제 성격에 못 이긴다고 해도 선뜻 행동하지 못하는 것이 사람이다.

한이 은정욱의 행동이 이상하다고 생각한 순간, 그의 왼손이 바지 주머니로 들어갔다 나오는 것이 보였다. 한은 퍼뜩 전시장에서의 일이 떠올랐다. 한이 벌떡 일어나 은정욱에게 달려들었다.

포도상구균이나 최루가스가 아닌 위험한 바이러스가 들었을지도 몰랐다. 은정욱이 공을 던지기 직전, 한이 그의 팔을 붙잡았다. 은정욱은 공을 뺏기지 않으려 손아귀에 힘을 꽉 주고 있었다. 한의 악력에 밀려 손이 펴질 것 같자, 은정욱이 오른 다리로 한의 정강이를 사정없이 찼다.

한은 맞을 때마다 둔탁한 통증이 온몸에 퍼지는 것을 느꼈다. 그래도 은정욱의 손을 잡고서 놓아주지 않았다.

"이 새끼, 더럽게 끈질기네."

은정욱에게 더 이상 다리를 차이다가는 부러질 것 같았다. 한은 어쩔 수 없이 그의 손을 물어뜯었다. 공원 주차장이 떠나가라 비명을 지른 은정욱이 손을 펼치고 말았다. 한이 떨어질 뻔한 공을 가까스로 잡았다. 한이 그를 향해 재빨리 총을 꺼내 총구를 겨눴다.

"움직이지 마."

씩씩대며 노려보던 은정욱이 특유의 선한 웃음을 보였다.

"설마, 내가 그거 하나만 갖고 있을 거라고 생각해?"

한은 그래도 은정욱을 겨눈 채 움직이지 않았다. 은정욱이 오른손을 바지 주머니로 가져갔다.

"여기 주변에 있는 사람들 다치게 하고 싶어?"

허풍은 아닌 것 같았다. 그의 바지 주머니가 볼록하게 나와 있었다. 은정욱이 주머니에 손을 넣으려는 찰나, 한이 총을 내렸다.

"잘 생각했어. 그래야 너도 살고, 나도 살지."

그는 입을 비쭉이며 말을 덧붙였다.

"내 뒤에서 나를 쏠 생각은 하지 마. 내가 바이러스를 어디에 뒀는지 모르잖아."

한은 은정욱이 멀어져가는 뒷모습을 보면서도 잡을 수 없었다. 지금은 정욱을 습격하면 공이 터질 게 분명했다. 그러면 이 주차장 주변, 어쩌면 호텔 쪽까지 문제가 생길 수도 있었다. 절뚝거리며 걸어가던 은정욱이 슬쩍 한을 돌아보았다.

"너는 뭐 때문에 그렇게 열심히 사냐? 어차피 이 작은 나라, 내일 지나면 다른 나라들한테 주도권도 다 빼앗길 텐데. 그 실력 가지고 돈도 더 많고 힘 있는 나라에서 일하지, 왜 이렇게 죽을 듯 살 듯 일하나 모르겠네.”

"남의 일에 신경 꺼."

"진짜 궁금해서 묻는 거야."

"난 내 게임에만 신경 써. 내가 이기면 우리 편이 이기는 거니까."

은정욱이 어이없다는 표정을 짓더니 주차장을 빠져나갔다. 한은 그가 가는 동선을 주의 깊게 살피며 속으로 복기했다. 은정욱은 서울 호텔로 가고 있었다.

일의 전말

리나는 공항 근처의 호텔에 들어가 샤워부터 했다. 비행기 안에서 다들 그녀의 시궁창 냄새 때문에 눈치를 주는 게 느껴졌다. 화장실에 들어가 물티슈로 대충 닦고 옷을 갈아입어도 냄새는 여전했다. 한국에 도착하자마자 호텔로 직행해서 씻고 나니 살 것 같았다.

리나는 잠시 침대에 누워 눈을 감았다. 피곤했지만 잠은 오지 않았다.

'아비나 딸이나! 그저 우리 하는 대로 두면 될걸!'

스기모토 유나 소장의 말이 리나의 귓전을 맴돌았다. 그녀의 말과 태도를 보면 아버지 인만이 그들의 말에 동조하지 않왔던 것 같았다. 그들은 V2026 바이러스로 무엇을 하려고 했던 것일까. 미나미 메이는 이미 할 걸 다 했다는 식으로 말했다. 백신과 치료제를 만들었다는 뜻일까.

인만은 바이러스에 노출돼 바로 목숨을 잃었다. 그럼 이 바이러스를 어디에 쓰려고 백신하고 치료제까지 만들었을까.

리나는 문득 인형 안에서 찾은 USB가 떠올랐다. 인만이 어린 리나와 놀아주기 위해 쓰지 않는 USB를 넣었을 수도 있지만 아닐 수도 있다.

지금 그 USB를 볼 수 있는 기기가 있으면 좋은데.

세상에 우연히 일어나는 일은 별로 없다. 리나는 인만이 했던 말이 떠올랐다. 리나가 가지고 나온 참치범 피규어, 미국 요원과 연락하는 홀로그램기를 숨겨놓았던 그 피규어에 프로젝터 기능이 있었다. 이런 우연이 있을 수 있나?

리나는 자리에서 일어나 USB와 참치범 피규어를 꺼냈다. 홀로그램기를 끼워놓았던 자리에 홈이 파여 있었다. 딱 USB가 들어맞는 크기였다. 호텔에 부탁해서 전원 코드가 있는 케이블을 몇 개만 달라고 했다. 다섯 개 중 두 개가 참치범의 꼬리 아래에 있는 전원 연결부분에 딱 맞았다.

플러그를 꽂자 참치범의 눈에 불이 들어왔다. 리나는 얼른 LED 등을 껐다. 호텔의 벽에 참치범이 쏘는 프로젝터의 내용이 비쳤다. 영상을 보는 리나의 표정이 점점 굳어졌다.

*

리나는 약속 시간보다 10분 늦게 나타났다. 아메리칸 센터에서 진행하는 미국 예술영화 이벤트 자리에서 미국 정보 요원인 데이비드 피셔와 만나기로 했었다. 이벤트가 진행되는 1층의 PEACE 홀은 50명 정도 앉을 수 있는 자리가 있었다. 리나는 피셔가 자리에 앉아서 직원에게 영화 포스터를 받는 모습을 지켜봤다. 그가 리나를 향해 몸을 획 돌렸다. 리나는 얼른 문 뒤로 몸을 숨겼다. 잠시 리나 쪽을 응시하던 피셔가 다시 바로 앉아 포스터를 들여다보았다. 리나가 온 걸 알고 있을 게 분명했다. 포스터를 보는 척 계속 주시하고 있을 것이다.

리나는 슬쩍 안으로 들어와 문을 열어놓은 채 PEACE 홀의 불을 껐다. 리나는 맨 뒤에서 참치캔을 꺼내 전원 플러그를 꽂았다. 앞의 스크린에 USB의 내용이 비교적 선명하게 나왔다.

인만이 스기모토와 메델라의 CEO, 동양인 중년 남성과 함께 있는 장면이었다. 그들은 모두 영어로 대화하고 있었다. 인만은 그들에게 V2026 바이러스를 폐기해야 된다고 계속 주장했고, 다른 사람들은 조금만 더 하면 완벽한 인공 변이 바이러스가 완성된다며 포기하면 안 된다고 반대했다.

"우리는 연구용으로 만든 거지, 이걸 생물 테러 무기로 만든 게 아니잖아요."

인만의 말을 동양인 중년 남성이 제지했다.

"말 함부로 하지 맙시다. 생물 테러 무기라니요. 여기저기 전쟁이 터지는데 아무 대책도 없이 있는 것보다는 보완책을 마련하자는 겁니다."

메델라의 CEO가 거들었다.

"저희가 백신하고 치료제를 함께 개발하면 됩니다. 우국 국민들은 충분히 살릴 수 있어요."

"어디가 우국이고 어디가 적국입니까. 다들 폭력적으로 나온다고 저희까지 이러면 되겠습니까. 저는 기본적으로 학자입니다. 스기모토 씨도 말 좀 해보세요."

메델라 CEO가 인만의 어깨를 밀었다.

"미국에서 지금……."

피셔가 개입한 건 이때였다. 그는 리나가 들고 있던 참치범 피규어 프로젝터를 빼앗아 들었다. 전원 플러그가 뽑히면서 영상도 멈췄다. 리나가 있는 힘껏 소리를 질러 사람들의 시선을 모았다. 피셔의 얼굴이 시뻘개졌다.

*

피셔가 리나를 겨우 설득해서 아메리칸 센터에서 데리고 나왔다. 그는 흥분을 가라앉히자며 잠시 걷자고 하더니, 리나를 차에 태워 남산으로 올라갔다. 사랑의 열쇠 전망대에서 잠시 서울 풍경을 내려다보던 피셔가 입을 열었다.

"배리나 씨가 무슨 말씀을 하고 싶은 건지는 좀 알겠어요. 그래도 저희한테 줄 건 주셔야죠."

그의 유창하고 정확한 한국어 발음은 은근히 기분 나쁜 구석이 있었다. 리나는 피셔를 똑바로 쳐다봤다.

"스포츠에서 전부터 하던 말이 있어요. 강대국 깡패. 평소에는 아주 공평하고 정의로운 것처럼 굴다가 결정적인 순간에 자기들 유리한 대로 판정을 내린다고 나온 말인데, 스포츠에만 국한된 건 아니죠. 모든 면에서 그렇잖아요."

"대한민국도 이제는 강대국이에요. 언제부터 그랬는데요."

"세상 어떤 나라가 한반도가 이 이상 강해지기를 원하겠나."

리나는 태호 안드로이드가 했던 말로 피셔의 말을 받아쳤다. 당황한 피셔가 머뭇거리더니 쓴웃음을 지었다.

"원하는 게 뭡니까."

"기밀 파일 주기로 했잖아요. 받을 때가 된 것 같아요."

"파일하고 샘플 먼저 넘기면 드리죠."

"제가 그 말을 믿을까요?"

한동안 침묵이 흘렀다. 리나를 가만히 응시하던 피셔가 입을 열었다.

"이 상황이 배리나 씨한테 좋게 작용할까요?"

"더 나빠질 것도 없어요. 그럼 협상 결렬인 걸로. 아, 참."

리나가 주머니에서 볼펜 모양의 녹음기를 꺼내 들었다.

"아메리칸 센터에서 지금까지 저희 대화 다 녹음했어요. 오늘 밤 메인뉴스에 남북 정상회담 전야제 뉴스보다 이게 더 크게 나올지도 몰라요."

리나는 피셔를 남겨두고 홀로 산을 내려왔다. 남산은 곳곳에 계단을 잘 갖추어놓아서 걸어서 내려오는 데도 크게 힘들지 않았다. 10분쯤 내려왔을 때 피셔에게서 전화가 왔다. 리나는 핸드폰 화면을 확인한 후 귓속에 붙인 이어폰을 손으로 눌렀다.

"지금 그쪽 하드로 파일 보냈어요. 확인해보세요."

리나가 핸드폰을 터치해 자신의 하드를 확인했다. 'KOREA MOVIE'라는 파일이 와 있었다. 리나의 고유 비밀번호를 입력하니 파일 내용이 나왔다. 인만과 V2026에 관한 내용이 맞았다. 리나는 울음이 터지려는 걸 간신히 삼켰다. 그리고 피셔에게 말했다.

"서울역 호남선 방면 물품 보관함 C34번. 비밀번호 2650. 죽을 때까지 보지 맙시다."

리나는 전화를 끊고 버스 정류장으로 향했다. 남산 순환버스가 사람을 태우려고 기다리고 있었다. 사람들에 섞여 버스에 올라타는 리나의 얼굴에 옅은 미소가 번졌다.

매듭

서울호텔은 일반인 투숙객도 받지 않은 채 통제 중이었다. 국정원이 경찰과 함께 물 샐 틈 없는 보안 검사를 하고 있었다. 한은 경찰 신분증을 보여주고 안으로 들어갔다. 혁진이 테러 가능성에 대한 조치로 미리 국정원 직원들의 경찰 신분증을 경찰청에 부탁해서 만들어놓은 것이었다. 한은 1층 CCTV실로 가서 만찬장과 기자실을 계속 감시했다.

현재 시간 오후 6시 24분. 6시 50분 정각에 한국 외무부 장관 일행과 미국, 일본, 중국, 호주 정부 관계자들이 함께 사진을 찍고 간단히 브리핑한 후에 본격적인 만찬에 들어갈 예정이었다.

"외국에서 온 기자들 묵는 층 CCTV는 어디서 확인하죠?"

"그건 제가 연결해드릴게요."

젊은 남자 직원이 싹싹하게 모니터 앞에 앉아 키보드를 두드렸다. 잠시 후 다른 모니터 화면에 11층과 12층 복도와 엘리베이터 앞이 나왔다. 한은 직원에게 은정욱의 사진을 전송했다.

"여기 만찬장하고 기자실 쪽 보시다가 이 사람 발견하면 알려주세요. 저는 객실 쪽 볼게요."

직원과 일을 나눈 한은 객실 모니터를 계속 들여다보았다. 그렇게 시간이 15분 정도 지났다. 한은 점점 초조해지기 시작했다. 선우만 작동되어도 일이 더 수월했을 텐데. 뉴스에서는 서울 강남과 경기 남부 일대에서 알 수 없는 정전 사태가 일어나 다들 불편을 겪는 중이라는 보도만 반복했다. 그때 직원이 한을 불렀다.

"형사님, 여기 이 사람 아니에요?"

직원이 가리키고 있는 화면에 기자실 뒤를 빙빙 돌고 있는 남자가 보였다. 얼핏 보니 은정욱과 비슷했다. 그는 핸드폰 화면을 계속 들여다보고 있었다. 화면을 확대해서 보니 나이 지긋한 남성의 사진이었다. 한은 그가 제대로 걷는지 확인하려 계속 그를 지켜보았다. 이윽고 그가 기자실을 쓱 둘러보더니 문을 향해 발걸음을 옮겼다. 그가 왼쪽 다리를 절뚝거리는 순간 한이 자리에서 일어났다.

동시에 은정욱이 기자실 밖으로 나갔다. 기자실은 2층이고 만찬장은 3층이었다.

"저기, 저 사람 어디로 가는지 나한테 좀 알려줘요. 이 무선기로요!"

한은 직원에게 무선기를 맡기고 이어폰을 부착하지 않은 왼쪽 귀에 무선기 이어폰을 끼며 CCTV실을 뛰쳐나갔다.

"형사님, 그 사람 비상계단으로 갔어요. 일단 전 층 모니터다 켜두겠습니다."

"네, 고마워요."

한은 바로 무선기 스피커를 끈 후 양복 옷깃에 부착한 마이크에 대고 말했다.

"타깃이 기자실에서 나와 비상계단으로 갔다. 다들 대기."

무선기에서 직원 목소리가 들렸다.

"3층 만찬장 앞에 나타났어요."

"3층 만찬장 앞 로비 집결."

한은 마이크에 대고 지시를 한 후 비상계단을 뛰어 올라갔다. 3층 비상계단 앞까지 도착한 한에게 이어폰으로 다른 요원의 말이 들어왔다.

"브리핑 시작 2분 전입니다. 타깃이 안 보입니다."

한은 무선기 스피커를 켰다.

"김영규 대리님, 아까 그 남자 어디로 갔는지 보셨어요?"

"어……. 화장실에서 나오고 있어요."

한은 다시 무선기 스피커를 끄고 요원들에게 지시했다.

"1번, 2번 요원, 타겟 앞쪽 좌우에서 포위 준비. 3번, 4번 요원, 뒤에서 제압하고 몸수색할 준비."

만찬장에 조명이 환하게 켜졌다. 기자들이 엘리베이터에서 일제히 내려 보도 준비를 시작했다. 한이 문 뒤에서 내다보니, 은정욱이 핸드폰 화면으로 사진을 다시 확인하고는 휴지통에 핸드폰을 버리고 있었다. 그러고선 은정욱은 느긋하게 만찬장으로 향했다.

"실시."

한의 명령이 떨어지자 은정욱의 앞으로 덩치 큰 남자 요원 둘이 다가가 그를 에워쌌다. 당황한 은정욱이 손을 주머니로 가져가자 뒤에서 다른 요원이 그의 양손을 붙잡았다. 또 다른 요원이 와서 그의 정강이를 걷어차 꿇어 앉혔다. 정강이를 찬 요원이 장갑을 낀 손으로 그의 몸을 뒤져 검은 가스 공 세 개를 찾아냈다.

이윽고 각국의 고위 인사들이 만찬장으로 들어왔다. 기자들이 일제히 사진을 찍기 시작하자 만찬장은 번쩍이는 불빛들로 정신이 없었다. 4개국 외교 인사가 단상 위로 올라갔다.

은정욱이 눈살을 찌푸리는 사이 한이 만찬장으로 들어와 그에게 다가갔다.

그때였다. 은정욱이 오른 다리를 앞뒤로 휘두르며 자신을 잡고 있던 요원에게 마구 발길질을 해댔다. 당황한 요원들을 뿌리친 은정욱은 후드티 안쪽에 손을 집어넣고는 기자들을 헤치며 앞으로 나갔다.

그때 조용하고 빠르게 소음 총알이 그의 왼쪽 정강이에 정통으로 박혔다. 은정욱은 눈을 크게 뜬 채 경악하는 표정으로 그 자리에 무릎을 꿇었다. 그는 이를 악물고 자리에서 일어나 자신의 왼쪽 다리를 질질 끌며 몇 걸음 더 앞으로 다가갔다. 기자들이 일제히 은정욱을 찍기 시작했다. 미국, 일본, 중국, 호주의 정부 인사들을 둘러보던 그가 누군가를 알아봤는지 부들부들 떨었다. 네 명의 외국 정부 고위직 인사들이 눈 하나 깜짝 안 하고 은정욱을 내려다보고 있었다. 누구라고 할 것 없이 모두 무표정이었다. 은정욱이 팔을 들어 누군가를 향해 검은 공을 던지려는 순간, 그가 다시 주저앉았다.

뒤에서 한이 두 번째 소음 총을 발사했다. 은정욱의 몸이 앞으로 쏟아지는 순간, 한이 득달같이 달려가서 그의 손에서 검은 가스 공을 받아냈다. 요원들이 몰려와 은정욱의 몸을 바닥에 바짝 붙인 후, 그의 생사를 확인했다. 그사이 4개국의 주요 인사들은 한국 외무부 장관과 차례대로 악수를 했다.

그날 밤, 만찬장에서 소란을 피운 남자가 진압되는 과정에서 사망했다는 뉴스가 나왔다.

*

서울호텔에서의 만찬이 끝날 무렵, 리나는 삼각지의 모처에서 투명 스크린을 앞에 두고 혁진과 마주 앉아 있었다.

리나의 옆에는 남자 요원 한 명이 서 있었다. 책상 위에는 리나가 가져온 검은색 케이스와 티타늄 박스, 그리고 김인만 기사가 나온 태블릿이 있었다. '송고' 버튼을 누르기만 하면 주요 언론사에 기사가 나가게 되어 있었다. 케이스와 티타늄 박스를 스캔한 요원이 스크린 뒤로 가 혁진에게 귓속말을 했다. 리나는 담담히 일이 진행되는 걸 지켜보았다.

"네, 저희가 요구한 게 맞습니다. 고생하셨습니다."

"기사 송고하기 전에는 못 가져가요."

요원이 돌아와 리나 옆에 섰다.

"저희 쪽에서 송고 버튼을 누르는 즉시 케이스와 티타늄 박스를 스크린 쪽으로 넘기세요."

리나가 요원을 올려다보며 고개를 끄덕였다. 요원이 혁진의 사인을 기다렸다가 "송고해"라고 하자 바로 버튼을 눌렀고, 리나도 케이스와 티타늄 박스를 스크린 쪽으로 밀었다.

혁진의 등 뒤에 있던 문에서 여자 요원이 장갑을 끼고 기다렸다가 케이스와 티타늄 박스를 받아 바로 들고 나갔다. 리나도 태블릿을 가방에 넣었다.

"앞으로도 저희와 일할 생각이 있으시다면 또 연락드리겠습니다."

혁진의 말에 리나가 시큰둥하게 말했다.

"설마요."

저번과 똑같이 눈가리개와 귀마개를 하고 삼각지역 근처로 나온 리나는 바로 혁진의 전화를 받았다.

"배리나 씨, 근데 왜 바이러스 샘플을 미국에 안 넘겼어요?"

"지공양용차 하나 안 뽑아주는 애들한테 그걸 왜 줘요."

혁진의 웃음소리가 짧게 들렸다.

"그 바이러스가 가짜란 거 곧 눈치챌 텐데요."

"제가 바이러스 연구원이에요. 그렇게 쉽게 들킬 걸로 바꿔치기할 리 없잖아요. 시간 좀 걸릴 거예요. 거기 일하는 속도로 봐서는 한두 달쯤?"

리나는 전화를 끊고 난 후 핸드폰에서 칩을 빼내 발로 짓밟

왔다. 그리고 무빙워크가 없는 쪽으로 가서 지하철역 입구까지 가볍게 내달렸다.

*

2050년 9월 15일

대한민국에, 아니 전 세계에 역사적인 한 획을 그을 날이 밝았다. 그는 비웃음이 나왔다. 이 진부한 표현력이 우스웠다. 이럴 줄 알았으면 독서를 좀 많이 하는 건데. 하지만 책 읽는 것만큼 지겨운 행위가 또 있을까. 인생을 따분하게 사느니 이런 것쯤은 그냥 진부한 게 낫다.

그가 가벼운 옷차림을 하고 배낭을 둘러맸다. 그는 최대한 평범하게 보이고 싶었다. 영화나 드라마로 치자면 지나가는 행인 3 정도였으면 좋겠다. 늘 드러나지 않는 곳에서 일하니 쉬는 날만큼은 좀 튀고 싶지 않나, 하겠지만 전혀 아니다. 언제나 이렇게 존재감 없는 게 좋다. 그게 다른 이들을 관찰하기에도 좋다. 그는 자신이 모르는 이들이 자신을 기억하는 것을 불쾌해했다.

그가 지하철을 타고 서울역에서 내려 버스를 탔다. 이른 시간이라 한가할 줄 알았는데 의외로 사람들이 꽤 있다. 그는 사람이 많은 것이 제일 싫었다. 그래도 뒷자리가 비어서 다행이라고 생각했다. 그가 배낭에서 볼 캡을 꺼내 꾹 눌러쓰고 맨 뒤로 가 오른쪽 구석 자리에 앉았다. 이제부터는 버스에 몸을 맡기면 된다. 그러니 지금은 그저 마음을 놓아도 된다. 잠깐 눈을 붙여도 될까. 어쩐지 밤새 흥분해서 잠을 잘 못 잔 그였다. 역사적인 날의 일원이 된다는 떨림 때문인 것 같다.

얼마나 왔는지 모르겠는데 갑자기 버스가 길 한편에 섰다. 철모를 쓴 군인들이 들어오더니 한 사람 한 사람 신분증을 보여달라고 한다. 그래, 오늘은 날이 날이니만큼 이러는 것도 그는 이해는 됐다. 그럴 수 있다, 못마땅하지만. 드디어 그에게까지 왔다. 자연스럽게 신분증을 건넸다. 군인이 그에게 모자를 벗어달라고 했다. 그는 짜증이 났지만 순순히 모자를 벗었다. 괜한 트러블을 만드는 건 어리석은 짓이다. 군인이 감사하다며 신분증을 돌려줬다. 그가 다시 모자를 쓰고 눈을 감았다. 잠시 후 버스가 다시 움직이기 시작했다. 이제는 멈추지 않고 도착지까지 쭉 갈 것이다. 정말 마음을 놓아도 된다. 지금만이라도 말이다.

어느덧 버스가 도착지에 다다랐다. 사람들이 줄지어서 차례대로 내리기 시작했다. 그는 다들 복도에 일렬로 줄을 설 때까지 기다렸다가 맨 마지막에 일어났다. 천천히, 담담하게, 평범하게 보통 사람들 틈에 섞여 버스에서 내렸다.

공기가 싱그럽다는 게 이런 건가 보다. 서울에서는 느끼지 못한 상쾌함이 있었다. 이제 막 하늘이 밝아오고 있다. 그는 기분이 좋아졌다. 정류소에서 천천히 걸어 주차장으로 갔다. 오늘의 할 일을 머릿속으로 정리해봤다. 주차장을 지나서 캠핑장으로 간다. 그곳에서 사람을 만난다. 그 사람에게 물건을 전한다. 근처 식당에서 밥을 먹고 뉴스를 확인한다. 심플하다. 오늘 그의 임무는 여기서 끝이다. 웃음이 입가를 비집고 나왔다. 이제 곧 세상이 뒤집힐 거라는 생각에 그는 웃음을 참을 수가 없었다.

주차장을 거의 다 지나왔다. 캠핑장이 나왔다. 조금만 더 가면 약속 장소가 나온다. 그는 시간 여유가 있어 서두르지 않을 생각이다. 차분하게 오늘의 할 일을 마치면 된다. 여기까지 왔던 것처럼. 그러고 나면 그는 역사적인 날의 숨은 주역이 되……

"멈춰. 움직이면 쏜다."

낯익은 남자가 그를 향해 총을 겨누고 있었다. 그는 인상을 찌푸렸다. 이게 어떻게 된 일이지?

"신재원 씨?"

한은 그 말에 대답하지 않았다.

"박상은 연구사, 아니 윌리엄 최. 배낭 벗어서 땅에 내려놔."

뭐야, 들켰나. 어떻게 이런 일이. 모든 게 완벽했는데.

"배낭 내려와."

한의 목소리가 더 낮게 울렸다. 상은은 한숨을 내쉬었다.

"뭐야, 당신 요원이었어? 버스에서 신분증 검사할 때 들킨 거예요?"

상은은 마치 엄마 몰래 게임을 하다가 걸린 청소년 같았다. 한은 총구를 내리지 않고 계속 그를 노려보았다.

"은정욱."

"그 자식이 죽기 전에 다 분 거예요."

"안 죽었어."

죽었다고 뉴스가 나간 건 거짓 정보였다. 병원으로 옮겨진 은정욱은 치료를 받은 후 국정원의 조사에서 모든 것을 실토했다. 은정욱은 자신이 버림받았다고 했다. 그러니 자신을 끌어들인 친구도 버림받아야 한다며, 박상은 연구사로 위장한 메델라 CEO 중 한 명의 아들인 윌리엄 최가 바이러스를 가져갈 거라고 전부 털어놓았다. 은정욱은 이렇게 덧붙였다.

"이게 내가 할 수 있는 복수의 전부야."

이야기를 들은 상은은 혀를 찼다. 기가 차다는 표정이었다.

"멍청한 게……. 일도 제대로 못 했으면서."

모든 게 다 밝혀진 순간에도 상은은 불량 청소년 같기만 했다. 일의 심각성을 전혀 모르는 아이 같았다.

한은 똑같은 어조로 같은 말을 반복했다.

"배낭 내려놔."

"이렇게 끝나는 건가."

상은은 어쩔 수 없다는 듯 배낭을 벗어 손에서 떨어뜨렸다. 그러더니 재빨리 오른손을 주머니로 가져가 가는 주사기 하나를 꺼내 바늘집을 입으로 뺐다.

"쓸데없는 짓 하지 마, 박상은."

"이거 왜 이래요. 나 박상은 아닌 거 알면서."

상은은 주사기를 자신의 목에 콱 꽂았다. 따끔하는 것 같더니 혈관으로 차가운 액체가 들어오는 것을 상은은 생생하게 느꼈다.

'그날 새벽에 기절했던 샘플 센터의 경비 직원도 이런 기분이었을까. 아니야, 그 사람은 그냥 기절한 거잖아. 나하고는 다르지. 달랐을 거야.'

상은은 끈이 끊어진 마리오네트처럼 풀썩 쓰러졌다. 한이 달려가서 주사기를 빼낸 후 어디론가 연락했다. 상은은 의식이 멀어지는 걸 느꼈다. 모든 소리가 사라지고 눈앞이 캄캄해졌다.

에필로그

2050년 9월 16일 한국 서울

언론에서는 남북 정상회담이 순조롭게 이루어졌다며 계속 기사를 내보내고 있었다. 대통령 내외와 두 딸, 그리고 북의 조선노동당 총비서와 그의 남동생이 한자리에서 식사를 하고 담소를 나누는 모습에 국민들은 꽤 흥분했다. 남북은 EU처럼 북미 블록, 동아시아 블록, 남아시아 블록, 중동 블록, 아프리카 블록 등으로 나누어질 미래를 위해 두 나라가 순차적으로 경제부터 손을 잡는다는 발표를 했다. 언제 또 틀어질지 모른다는 회의적인 시선도 있었지만, 중요한 시기에 한반도가 동아시아에서 주도권을 놓치지 않고 가져갈 수 있다는 긍정적인 평가가 더 많았다. 주가는 계속 올랐고, 글로벌기업들의 투자 상담도 하루 만에 폭증한 게 그걸 증명하고 있었다.

그런 와중에 질병청장 서은영이 중대 발표를 했다.

"2026년 인공 변이 바이러스 유출 사고로 사망한 고 김인만 관리국 초대 국장은, 그동안 많은 의혹의 눈초리를 받아왔습니다. 하지만 그동안 여러 수사기관이 철저히 수사한 바에 의하면, 고 김인만 국장은 인공 변이 바이러스 백신이 악용될 것을 우려해 연구용으로써 그 가치를 발휘할 수 있게 많은 힘을 썼으며, 제3국으로 바이러스를 반출하려던 직원의 고의로 사망한 사실이 밝혀졌습니다. 많이 늦었지만 나라를 위해, 학문을 위해 끝까지 비밀을 안고 가신 고 김인만 국장의 명예로운 죽음을 애도하고, 진심으로 고인의 명복을 빕니다."

생각지 못한 발표였다. 백신을 반출한 직원은 이미 동유럽으로 도주한 지 오래였다. 리나가 확인한 문건에는 나라 이름이 지워져 있었다. 어쩌면 먼 나라일 수도 있고, 아주 가까운 나라일 수도 있다. 전 세계의 블록화는 지구가 점점 하나가 되어가는 걸로 해석하는 사람들도 있었지만, 속을 들여다보면 전혀 아니었다. 리나는 그렇게 생각했다. 전보다 더 치열하게 경쟁하고 속고 속이는 일들이 생기고 있었다.

진영은 연구소의 임시 소장직을 맡게 되었다. 본인이 그렇게나 원하던 승진을 해서인지 그녀는 계속 들떠 있었다. 리나는 잠시 휴가를 받기로 했다. 한, 아니 신재원도 일본으로 돌아간다는 명목으로 연구소를 나왔다.

둘은 주차장으로 향하며 잠시 나란히 걸었다. 리나가 먼저 입을 열었다.

"고생은 그쪽이 다 했는데 이름 한 줄이 어디에도 나오지 않네요."

"원래 이기는 게임은 끝나고 나면 따분한 거예요. 블랙 요원이 유명해지면 그건 게임에서 진 거라고요."

"블랙 요원들은 그렇구나. 난 아주 홀가분한데."

한이 앞서가는 리나를 불러 세웠다.

"배리나 연구사님."

리나가 무슨 일이냐는 표정으로 그를 돌아봤다.

"한국에 계속 계실 거예요?"

"모르겠는데요. 왜요?"

"아니에요. 그냥, 연구사님이랑 게임한 거 재밌었어요."

"그럼 본명 알려줘요. 이한, 그거 본명 아니잖아요. 전에 차장님이 요원명이라고 하던데."

잠시 망설이던 한이 이윽고 입을 열었다.

"기밀입니다."

리나는 그럴 줄 알았다는 듯 피식 웃고는 먼저 스카이 카에 올라탔다. 한이 운전석 창문을 톡톡 건드렸다. 창문을 내리자 한이 말했다.

"이제 뭐 할 거예요?"

"전화부터 하려고요. 그럼 저 먼저."

리나는 인사하고 창문을 다시 올렸다. 스카이 카를 띄운 리나는 한이 그의 차로 가는 걸 본 후 메인보드를 터치해서 '통화' 이모티콘을 눌렀다. 귓속의 이어폰을 누른 리나가 말했다.

"이은경 씨한테 전화."

리나는 잠깐 숨을 멈췄다가 말을 이었다.

"우리 엄마."

작가의 말

지난 연말과 연초에 유독 제 SNS 추천 콘텐츠에 '예언록' '새해 예견해보기' 같은 것이 눈에 띄었습니다. 호기심에 '대재난 예견'을 검색해서였을까요. 저 다섯 글자를 지나치게 의식한 알고리즘이 열심히 일한 덕분이었죠. 믿지는 않아도 '이런 말이 있구나' 하고 봤던 기억이 있습니다.

미래는 닥치기 전까지 우리 마음속에 존재합니다. 좋든 나쁘든 그렇습니다. 그래서 희망과 불안이 섞여 안 그래도 갈대 같기만 한 마음을 흔들어놓습니다.

각 인물이 자신 앞에 닥친 일들을 대처해나가는 것. 그들이 장애물을 대하는 태도가 이야기라는 생각으로 미래를 그려나갔습니다. 미래의 세상에 우리의 긍정적인 기대가 나타나기를 바라며 원고를 채워나갔습니다.

마음속 상상을 글로 적어나가는 과정은 즐겁습니다. 지금은 모르는 미래의 세계를 쓰는 건 특히 그렇습니다. 그래서 이 소설을 쓰는 시간이 행복했습니다. 독자님들에게도 즐거움을 선사하는 이야기가 되면 더 바랄 게 없겠습니다.

이야기의 틀을 잡는 데 도와주시고 격려해주신 음수현 부장님과 김명선 편집자님께 감사를 전합니다. 묵묵히 응원해주신 추리작가협회 한이 회장님께도 감사 인사를 드립니다.

우리의 미래가 좀 더 희망적이었으면 좋겠습니다.

2025년 4월
이지유 올림

질병청 관리국, 도난당한 시간들

© 이지유, 2025

초판 1쇄 인쇄일 2025년 4월 18일
초판 1쇄 발행일 2025년 4월 25일

지은이   이지유
펴낸이   정은영
편집   음수현 정사라 김명선 김지수
디자인   이선희
마케팅   최금순 이언영 연병선 송의정
제작   홍동근

펴낸곳   네오북스
출판등록 2013년 4월 19일 제2013-000123호
주소   04047 서울시 마포구 양화로6길 49
전화   편집부 (02)324-2347, 경영지원부 (02)325-6047
팩스   편집부 (02)324-2348, 경영지원부 (02)2648-1311
이메일   neofiction@jamobook.com

ISBN 979-11-5740-457-5 (03810)

이 책의 판권은 지은이와 네오북스에 있습니다.
이 책 내용의 전부 또는 일부를 사용하려면 반드시 양측의 서면 동의를 받아야 합니다.